# パラサイツ

## 地方病院の闇

杉 敬仁
TAKAHITO SUGI

幻冬舎 MC

# パラサイツ

地方病院の闇

# 目次

# プロローグ

２０１６年2月26日は、前日までの寒空が嘘のように暖かい日だった。

丸山剛（つよし）の出勤は、いつも朝早い。通用口から１階の外来受付を抜け、自分の仕事場である事務局へと向かう。始業前の室内はまだ閑散としていたが、奥の窓側に目を向けると、すでに局長の竜崎がデスクで仕事を始めていた。

医療法人皆励会鈴原病院医事課の主な仕事は、病院における経理機能と医師、看護師をはじめとしたスタッフたちの労務管理、および病院の総務全般である。丸山は「おはようございます」と言って軽く頭を下げてから、自分のデスクに着くと、日課のメールチェックを始めた。

パソコン画面右下の時計は、午前7時56分を指している。

突然、朝の静寂を切り裂くように電話がなった。

丸山は電話に出ると、すぐに竜崎のほうを見た。

竜崎は病院の直近数カ月の急性期各病棟の稼働率を見ながら、慢性的な赤字からどう脱却すればいいか、画面を凝視していた。だが、電話に出ている丸山の表情は捉えていた。何かあったな――竜崎は直感でわかった。少し離れたところからでも、丸山の顔が硬直しているのがわかる。早朝の電話はたいてい良くない知らせだ。ほどなく丸山は電話を切ると、すぐに竜崎のデスクの前にやって来た。

「竜崎局長、メインバンクのみつあい銀行さんが10時に来い言うてます」

「急な呼び出しか。何の用件やろう」

「昨日の報告では2月末の運転資金1億は準備できたと担当者から聞いてますし、何でしょうね」

「3月末での通期連続赤字は免れへん。今後の展開についての相談やろうか。厳しい内容なら以前みつあいに提案した華村リースの再生資金の件、もう一度話してみよか」

「そうですね」

「ほな、丸ちゃん、忙しいとこ悪いけど、一緒に行こか」

＊

みつあい銀行太田原町支店は鈴原病院から徒歩で20分ほどのところにある。竜崎は念のため、9時20分に丸山とともに病院を出た。

商店街を歩きながら、今日の呼び出しが何なのか考えたが、竜崎には思い当たる節はなかった。局長である竜崎が丸山を伴ったのは、丸山が病院内の財務を担当しているからだ。それに、丸山という男をこの病院の中で信用している数少ない男の一人だからでもある。

9時40分——。駅前のロータリー横にある太田原町支店に着くと、いつものように奥の面談室に通された。だが部屋の様子がいつもと違う。窓はカーテンで覆われ、いつもテーブルの上に置かれているガラス製の大きな灰皿がない。

目の前には、昨日、丸山が電話で話したという鈴原病院の担当者である川田と、この2月から支店長になった山城が座っていた。

この二人とは面識がある。だが、ほかにまったく面識のない黒のスーツを着た、しかめ面の男がさらに数名同席していた。竜崎と丸山の席を取り囲むように、尋常ではない威圧感を発している。2つだけ空いている席に仕方なく着席する。竜崎はまるで容疑者にでもなった心地がして身体を縮めると、山城が突然、怒声を放った。

「鈴原病院への資金融資は全て打ち切ることになった。鈴原に融資しているほかの二行も追随同意している。今後は倒産を回避するべくリスケを実施するとともに、M&A等を模索し、再生を図っていくことになる。あなた方には連続赤字の責任をしっかりと取ってもらう」

突然の宣告に竜崎は面食らい、隣を見ると、丸山は目を見開いている。竜崎は意識が飛びそうになるのを堪え、深呼吸をした。――落ち着け。慌てるな。こういうときにパニックになっては駄目だ。

金融機関に対し、資金繰りが困難になった事業者が金の返済を一定期間猶予してもらうことによって資金繰りを可能にすることを「リスケ（リスケジュール）」という。こうすることで、銀行返済の負担は軽減され、即倒産を回避できる。しかし、ここで山城が言ったことは、その後返済の見込みが立たないから、M&A、つまり病院を他の健全な病院と統合する、というものだ。竜崎や丸山にとっては、これは死刑宣告に等しい。

竜崎は少しの間、目を閉じ、深く息を吐き出してから口を開いた。

「……一つ、確認をよろしいでしょうか。それは今月末の運転資金借り入れ1億円を含めてのお話でしょうか」

「当然だ。寝ぼけたことをぬかすな。その融資を含めた決定事項だ」

山城は有無を言わせずといった態度だ。1億円のつなぎ融資は、昨日、丸山が川田と電話で話して承諾を得ていた。その約束は反故にされている。

竜崎が口をつぐみ、どうしたものかと思考を巡らせていると、山城をはじめ、その場にいるみつあい銀行の行員全員が身構えるのがわかった。竜崎がどのようなリアクションをするか、様子を見ているのだ。

竜崎が「はい、そうですか」と素直に受け入れるはずがないと思ってのことだ。竜崎はこの界隈で、どういうわけか武闘派として知られてしまっている。見た目がいかついこともあるが、小学生のときに知り合いに連れて行かれて初めて仁侠映画を観てから、映画の中の男たちの熱い生き方に憧れ、劇中の男たちのようにどんな時にも筋を通す生き方をしてきたからだろうか。実際には、鈴原病院に入職してから一度も暴力を振るったことも、暴れたこともない。

竜崎が暴力を振るったのは、後にも先にも、高校生のときにパチンコ屋の店員の態度に腹が立って殴ったとき一度きりだ。思い当たる節があるとすれば、これまでに病院内でやくざの患者対応や労働組合との団体交渉で、派手な一幕があったために、話に尾鰭がついて、竜崎を怒らせると何が起こるかわからない、と恐れられていることくらいだ。ここにいるみつあい銀行の行員たちは、もし竜崎が暴れたら即警察を呼ぶつもりでいるのだろう。ガラス製の大きな灰皿をあらかじめ片付けておいたのは、凶器となりそうなものを片付けておいたということか。

天井の防犯カメラはきっちり竜崎に照準を合わせている。――映画の見過ぎである。重苦しい無言の中、一触即発のような緊張した時が流れる。

竜崎はすべてを察知した上で、小さなため息をつき、天を仰いだ。丸山が心配そうに竜崎をうかがっているのがわかる。

「わかりました。失礼いたします」

そう言うと、竜崎は席を立った。竜崎の意外にもさらりとした態度に、山城と川田をはじめとした行員たちは、むしろ拍子抜けしたようだが、竜崎からすれば言っても無駄な相手にこれ以上、何を言っても仕方がない。

――執行猶予なし。

突然死刑宣告をぶつけてくる相手だ。交渉や相談の余地などあるはずがない。おそらく相手は周到に準備してきたに違いない。不意打ちには十分すぎる。そこまでして長年のクライアントを貶めたいのか。

もはや竜崎は次の行動を考えていた。時間を無駄にできない。月末まで一日半。運転資金1億円の融資はない。業者への支払いだけは何とか切り抜けなければ最悪風評倒産の憂き目に遭う。

今日は金曜日。残された時間は今日の午後と翌週の月曜日だけとなる。相手はそれも計算して突然の呼び出しをかけたのだろう。こうすればピンポイントで鈴原病院の動きを止められる。身動きを取る機会を奪い、中小病院を貶めるための絶好のタイミングをうかがっていたのだ。前日まで支援継続を装い、相手を安心させておいて一気に満身創痍まで持ち込みとどめを刺す——何の予告もなく、無防備な相手に斬りかかるやり方は、赤子の手を捻るようなものだ。悪意に満ちた完璧なシナリオだった。画策とはこういうことをいうのだろう。

このまま無抵抗に引き下がる訳にはいかない。上等だ。受けて立つ。赤字継続の責任はすべて竜崎にある。しかしこれまで黒字化への準備はしてきた。そのための努力も怠っていたわけではない。とにかくこの窮地を乗り越えなければ。竜崎は拳を握りしめ、丸山とともに銀行を出た。

# 第一章　病院に巣食うパラサイツ

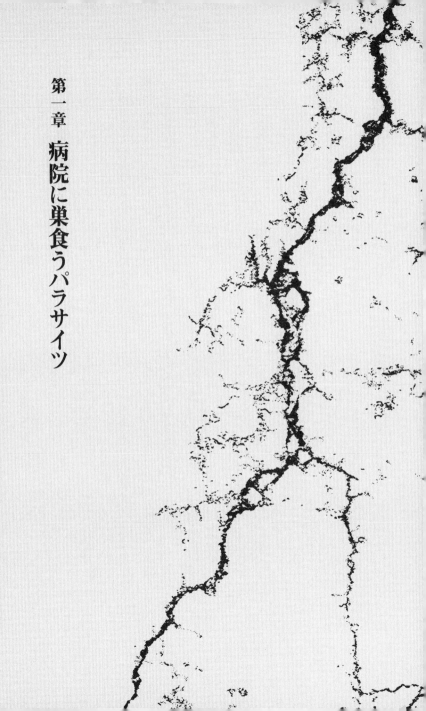

# *1*

遡ること13年前の２００３年。竜崎仁（じん）は鈴原病院に入職した。きっかけは、鈴原病院の理事長・鈴原雄（ゆう）の次女・良子（りょうこ）に頼まれたからだ。彼女は竜崎がちょうど前に勤めていた東京の総合病院在籍時の優秀な看護師であった。

竜崎が鈴原良子に頼まれたことは一つ。「経営難に陥っている実家の鈴原病院を地元住民のために建て直してほしい」ということだった。

「地域住民が安心して通える地域の医療機関として真っ当にしてください。そのためにもしも私の家族が邪魔立てするようなら、竜崎さんの判断で切っていただいて構いません」

こう話す良子の目は鋭く、どこか冷たかった。

なぜ良子が自分の家族を切ってもいいと言ったのか。良子と出会ったのは、竜崎が東京郊外にある総合病院に勤めていたときだった。良子はそこで新人看護師として働いていた。当時、竜崎は事務部部長。だが部長とは名ばかりで、病院内で起こるさまざまな問題を速やかに処理する係で、竜崎が常に心掛けているどんなことにも筋を通すという生き方とは真逆のような仕事ばかりだった。そんなとき、体を張って看護師である良子を守り、悪質なストーカーを放逐したのが竜崎だったのだ。以来、良子は何か困ったことがあると竜崎に相談を持ちかけるようになっていった。

そもそも良子はどうして兵庫で総合病院を経営している実家を高校卒業してすぐに飛び出し、東京の病院で看護師として働いているのだろう。いずれは実家の病院で看護師として働くのだろうと思っていたが、そうではないらしい。良子は純粋に人のために尽くす看護師という仕事を愛していた。そんな良子がなぜ実家の病院の立て直しを竜崎に頼み、場合によっては家族を切り捨てろと言ったのか。

竜崎は、鈴原の家には何かあるのではないかと引っ掛かりを覚えた。だが、良子はそれ以上、語らなかった。であれば、自分の目で見て、判断しよう——そう考えたのである。

問題は長く住み慣れた東京を離れることだ。竜崎一人ならどこででも生きていける。だが妻はどうか。46歳という自分の年齢を考えると、兵庫に骨を埋める覚悟で移り住むことになるだろう。だが、竜崎のそんな心配は不要だった。妻は二つ返事で一緒に兵庫へ移り住むことを承諾してくれた。頼もしい限りだ。竜崎は大きな力を得た心持ちになった。

＊

鈴原病院は、兵庫県神戸市内にある太田原町というところにあった。駅から続くアーケードの商店街が今も賑わい、路地を入ると風俗店などが並ぶ歓楽街もある。関東でいえば、川崎、いや蒲田か。何より物価が東京に比べて安いな――それがこの街の竜崎の第一印象だった。

良子からは地方にある小さな病院と聞いていたが、この界隈で、しかも大学病院に属していない総合病院としては、想定以上のかなり大きな病院だった。

竜崎の鈴原病院での最初の配属先は病院事務部医事課であった。そこで事務部副部長としてスタートした。医事課のスタッフは約20名。病院玄関を入ってすぐ左に位置していた会計窓口の裏手に医事課はある。その奥の隅に狭い場所があった。小さな倉庫のような場所だ。そこに無造作に竜崎のデスクが置かれていた。その隣には棚があり、各診療科のカルテが無造作に置かれている。とりあえず置いてあるのだろう。診療報酬請求時医師に確認が必要なカルテだ。

歓迎されていないことは言われなくてもわかった。だが仕事をするのにデスクの場所がどこであろうが関係ない。

突然着任した自分たちの上司になる中年男に、医事課の職員は皆同様に違和感と鬱陶しさを抱いていたに違いない。その中に、勤続20年以上のベテランと思われる主任クラスの女性が三人いた。彼女たちが若いスタッフを仕切っている。良きにつけ悪しきにつけ、彼女たちはこの病院の実態を知り尽くしている。

病院にとって医事課は大切な部門だ。主たる業務は診療報酬点数表に基づき医師・看護師そのほかの医療従事者の医療行為に対する技術料、薬剤師の調剤行為に対する調剤技術料、処方された薬剤の薬剤費、使用された医療材料費、検査費用などを計算し請求する。医療保険から医療機関に支払われる治療費を請求する専門的知識が必要な重要部門だ。

医師や看護師を病院の前面に出て直接治療に従事する部隊とすれば、医事課は後方からの間接支援部隊だ。しかし病院の経理・会計を担う経営に直結する部隊でもある。ベテラン医事課の主任たちは、竜崎が医事課実務に疎いことで内心竜崎を自分たちより下に見ているようだ。なぜそんな男が自分たちの上司として配属されたのか——不信感が渦巻いているのが竜崎にはよくわかった。

入職二日目。

早くもそんな彼女たちから竜崎への「洗礼」が待っていた。主任の野口と原西が竜崎に相談があるという。

「実は、外来費・入院費を支払わず再三請求しても無視して本当に困った患者がいますねん。もう二年近く入金せんのですわ。副部長、なんとかしてもらえません？」

「金額はいくらぐらいですか」

「それが、なんと250万円になりますねん」

「そこまで溜まってますか。支払いが滞るには額が大き過ぎますね。いいですよ。いつ対応しましょうか」

「それが今もう、面談室に来てますねん。なんぎやわ」

――猶予なしか。経過詳細も確認できない。上等だ。最初の試練だな。出たとこ勝負でいこう。ハードルが高いほど、竜崎は気合が入る。

「俺一人で対応させてもらうよ。いいね」

「どうぞどうぞ」

野口と原西の対応にはどうやら竜崎を試していることが見てとれた。ならば、受けて立ちましょう。そう腹の中でつぶやくと、竜崎は面談室に向かった。


「失礼します」

竜崎はノックとともに面談室のドア越しに中に向かって声をかけると「どうぞ～」という女の声が返ってきた。

ドアを開け、面談室へ足を踏み入れると、化粧の濃い中年女が一人座って化粧を直している。しかし、竜崎のほうを見る気はなさそうだ。返事とは裏腹に竜崎への敵愾心が態度に表れている。

――なるほど。

ここはそういう病院か。竜崎は、なぜ鈴原病院に自分が呼ばれたのかがわかった気がした。太田原町は繁華街も近く物騒な町と聞いていたが、想像に違《たが》わず、なかなかバラエティに富んだ「患者様」が来院されている。

「お忙しいところご足労いただいて申し訳ございません。竜崎と申します」

竜崎は、女を見て一目で面倒な人種、俗にいうモンスター・ペイシェントの類だな、と直感したが、あくまで丁寧に対応を試みる。

「誰やあんた。初めて見るわ。早よしてや。何度言わせんねん。金ならないで」

女は相変わらず化粧を直しながら、横柄な態度で応じてくる。

「その件ですが、困りますね。何度も申し上げています。お支払いをお願いしたい」

「そやから、無い袖は振れへんで。しつこいな」

医師法19条1項には「応招義務」というものがある。これは正当な事由がない限り、医師は患者の診療の求めを拒否できないというものだ。しかし、この「正当な事由」の解釈については不明確なところがあり、患者の支払い能力を疑い、診療を拒むことは通常しない。何より、医師や病院としては、目の前に病気や怪我をしている患者がいれば、まずは基本的に診療に当たるという善意が先んじる。ましてや、急患で担ぎ込まれた患者についてはこのような判断をしている時間はない。だが、一部の患者には、こうした事情につけ入り、診療後に治療費を払わないものがいる。この女もまさにそうした一人だった。

「ご主人の治療費です。正当な対価です。お支払いは義務ですよ」

「そやから金ないねん。うるさいな。帰るで。忙しいんや。呼び出しくさって」

女に治療費を払う気がまったくないことを確認した竜崎は、丁寧な応対から攻撃に転じることにした。

「コンビニで煙草買って料金支払わず店を出るのと一緒ですよ。あなた方の行為は」

まずは軽くジャブを繰り出す。

「いいかげんにしいや。わざわざ時間作って来とんねん。交通費出して貰おうか」

女は竜崎の反撃などモノともしていない様子だ。

「そうですか。しょうがないですね。わかりました。もう手を引きます」

「最初から素直にそう言えばええねん。ほな帰るで。邪魔したな」

女はようやく竜崎のほうに顔を向けると、勝ち誇ったようにそう言い、立ち上がろうとしかけた。

「いや、病院としてこの件から手を引くと言っただけですよ」

「どういうこっちゃ。何言うとんねん。訳わからへん」

「私の知り合いに集金専門の業者がいまして。そこに委託します。武闘派業者です」

口から出まかせだ。こっちは東京からこの兵庫に来たばかりだ。だが、こういう〝ヤカラ〟連中には効果がある。「ヤカラ」とは、無理や無茶なことを言ってきたり、ガラの悪い人たちのことを指す。竜崎は小学生の頃からずっと任侠映画を見続け、学生時代には本物の任侠の世界に生きる男たちと関わる機会もあった。たまたまアルバイト先の社長がその筋の人だった。竜崎はなぜかその男にかわいがられた。だから竜崎はいつ、どういうときにどう対処すればいいかよくわかっていた。その証拠にさっきまでとは明らかに女の態度が変わっていた。

「ちょっと待ちいな。誰も払わへんとは言ってへん……」

女の額に汗が滲んでいる。

「ではお支払いいただけますか？」

「……しゃーないな。どないしたらいいんや」

「明日で構いません。お振り込みいただけますか？」

「えーと……なんぼやったかいな」

「よろしいのですか？」

「よろしいも何も払わなえらいことになるんでしょう」

「そうですね」

「で、なんぼ？」

「２５０万４６００円です」

「すぐ振り込むがな。明日入金するわ。そのおかしな業者は堪忍やで」

「ありがとうございます」

「まいったわ、ほんまに」

「お大事にどうぞ。ご主人さまに宜しくお伝えください」


女はすぐにでもここから出て行こうと慌てて、バッグに化粧道具をしまいはじめる。

「あんた関東の人やろ」

「はい。一昨日まで東京におりました」

「ふうん……そうか」

女は立ち上がり、ぎこちなく歩きながら、

「ほな、ほんまに帰るわ。さいなら」

決戦は終わった。竜崎の圧勝だった。竜崎がここまでのことを堂々とできるのには、子どもの頃から任侠映画を見ていたことや、本物の任侠の世界の男たちと縁したことだけではなく、母方の血によるものが大きく関係しているように竜崎は感じていた。

竜崎の母方の性は杉という。母の高祖父は、江戸時代、山形の儒者の子、杉竹外（すぎ　ちくがい1811〜1877）であった。昌平黌で修学後、1853年に米艦来航時房総の巡視に随従。1854年露国使節を下田に迎えた。1869年館林藩に招聘され学政参画。「憂国の志」と称された。著書に、『杉竹外文稿』、『周易象義』、『論語私窺』『名画類聚』などがあり、ジョン万次郎に日本語と漢字を教えたという記録も残っている。

母の父、杉武夫は竹外の直系。開成高校を出て東京外国語大を首席卒業後、そのまま自ら学んだ大学で教授となった。昭和天皇とラストエンペラー溥儀皇帝の通訳をした人物でもあり、昭和39年に昭和天皇より旭日中授賞・勲三等を授かった中国語の大家だ。著書に『釈註支那短篇物語集』『支那語基準会話』『最新支那語教科書：会話篇』『支那語講座』『新時文辞典』などがある。こうした母方の偉人たちの血を引く竜崎は、大学時代、作家を志したこともあった。だが、竜崎は元来、勉学が好きではなかった。祖先の勤勉性は遺伝しなかったのだ。しかし、どこかに「仁」を重んじる体質を備えていた。「仁・義・礼・智・信」を意識した訳ではなく、物事の判断には必ずこの「五常の徳」を基軸にしていたのだ。そうした意識が、竜崎に常に人として正しく生きる道を自ずと選択させていたのかもしれない。正しい道を歩むことは、決して生やさしいものではない。そのためには強固な意志が必要だ。今回のようなヤカラを前に怯むなどあり得ない。

竜崎が無事に事を終え、平然とデスクに座るや否や、野口と原西がニヤニヤしながらがやって来た。

「大変やったでしょう。ほんまにあのおばはんに、えらい迷惑受けてまんねん」

「250万あかんかったでしょ。どうしょうもできへんねん。腹立つ」

「払うわけないがな。2年間かけて督促してもあかんかったんやから」

竜崎もどうにもできなかったと信じている口ぶりだ。表向きは同情だが、その裏には、「この男も大したことないわ」と思っているのが透けて見える。

「いや、それが……実は明日全額入金されます。約束取り付けました」

「えー!!!」

野口と原西は驚きのあまり、言葉を失い、目を丸くして互いを見つめている。

竜崎はこの二人の反応に思わず笑いたくなったが、何とかこらえた。

「ちょっと席外しますね」

「その前にコーヒーでもお入れしましょうか」

野口と原西の態度が180度変わった。まるでスーパーヒーローにでも会ったかのようだ。

彼女たちからすると、こういう真っ当なことをしてくれる常識ある人を待ち侘びていたのかもしれない。

竜崎は、よそ者の自分はまず院内スタッフの信頼を勝ち取っていくことから始めるしかないということを痛感した。まずは同僚たちを仲間にしなければ、病院を変えていくことなどできない。

「いや結構。今後とも宜しくね」

竜崎は二人に微笑み、立ち去った。

*

野口と原西に頼まれた〝ヤカラ〟おばさんから溜まっていた医療費を回収したことがきっかけとなり、その後、この手の仕事が竜崎に回ってくることが多くなった。一目置かれるようになったといえば聞こえはいいが、どちらかといえば困ったことは竜崎に頼めば解決してくれるというのが本当のところだろう。病院内で竜崎はさしずめ「ヤカラ担当」といったところだ。

それでも、まずは病院内でどんな形にしろ「信頼」を得なければならない――竜崎としては甘んじてこの役を受けることにしたのである。

次は受付からの依頼だった。

「村西という男、何とかなりまへんか。お願いします」

受付の田口という女性スタッフが悲痛な声で頼んできた。

「わかった。俺が何とかしよう」

まずは村西がどういう男かをこの目で確かめなければならない。彼は田口が言うように、ほぼ毎日のように病院を訪れては因縁を付け、医師・看護師・事務職員と相手構わず暴れていた。外見から歳は40〜50代、短髪で浅黒く日焼けしている。法に抵触せぬギリギリの言動を繰り返し、理不尽に威嚇する。そんなことが毎日のように続いていた。最初は、病院の受付に居座り続け、とにかく受付の女性に絡み続ける、ということをしていた。それを当時の医事課の局長が事もあろうに、小金を渡して追い払ったのがきっかけになっていた。

不思議なことに現場はこの異常な状況に慣れ始めている。諦めというのが本音だろう。村西にとっては、病院に来ては小金をせびるのは当たり前になっていた。チリも積もれば「そこそこの金」になる。その金でパチンコなど遊興費や小腹を満たす飲食費に使うのである。味を占めたこの男は、1日に複数回来ることも珍しくなかった。もはやルーチンワークになっているのだ。

こういった連中は狡猾老獪で「金を出せ」といった発言、あるいは「暴力行為に出る」といったら即、現行犯になるので巧妙にすり抜ける術《すべ》を知っている。竜崎は、業務妨害が刑法233条に抵触することを念頭に、村西に対して毅然とした対処に出ることにした。このとき、竜崎が考えていた毅然とした対応とは、村西が今までと同様な行為を今後病院内で継続する場合は刑事告訴することもあり得る、ということだ。

しかし村西は、竜崎の対応が従来のような安直なやりとりでないことに、最初こそ戸惑いを見せたものの、恐れるに足らず、と踏んだのか、さらに傍若無人の度合いを加速させていく。入職直後の竜崎には、鈴原病院を防衛するために信頼・相談できる弁護士がおらず、孤軍であった。これまで病院で付き合いのあった弁護士は当てにならなかったのである。そのため、まずは村西の対応について最寄りの警察署に直接相談をした。だが、信じ難いことに、味方であるはずの警察は、協力を拒むような発言をした。

「……あなたのところはねえ」

理由はこの病院が反社会的な場所と見なされていたからであった。鈴原病院は村西のような患者が何人も出入りしていることを警察もよく知っていて、鈴原病院をまともな病院とみなしていなかったのである。まさかの反応に愕然とした。しかし諦める訳にはいかない。竜崎はしつこく相談窓口を訪れた。警察はようやく重い腰を上げ始め、そこからはむしろ非常に協力的な姿勢になっていった。

「どのような背景であれ、目の前の非道を見逃すのか」

何度も詰め寄った甲斐があり、ついには泣く子も黙る刑事課強行犯係が動いてくれることになった。

数日後、交番の「お巡りさん」ではなく、重装備の強行犯係10人の警官に、村西は業務妨害の現行犯で逮捕された。村西には、包囲網が張り巡らされたのだ。竜崎は村西に何度も事前に忠告していた。「このままであれば、強行犯係に確保してもらうことになる。覚悟しておけ」と。この言葉を信じなかったことが彼の致命傷となったのだ。

＊

治療費を払わない患者とその家族。難癖をつけては小金をせびる村西。これだけでも十分に鈴原病院は、異様な病院といえた。しかし問題だったのは、この二人だけではなかった。鈴原病院は〝ヤカラ〟の巣窟と化していたのである。

次は看護部からの依頼だ。

肝臓を痛め入院中の小坂部という男が病室で頻繁に暴れているという。こっそり様子を見に行くと、小坂部には全身に入れ墨がある。看護師たちからは、幻覚を見ていたり、不審な挙動が多く、覚せい剤か何かもやっているのではないかということだった。

病院は患者を選べない。強制退院させる理由は十分だったが、小坂部を追い出せる気骨ある人間はこの病院にはいないだろう。院内のスタッフには嫌気が蔓延していたのだ。昭和の古き良き時代、こういう連中は病院職員に対しては従順であるといわれていた。病院は治療を名目に彼らを守る特別な場所と認識されていたのである。いわばやくざ者であっても侵してはいけない「聖域」であった。しかし時代は流れ、残念ながら彼らの仁義は希薄になり、変な言い方だが、やくざ者の「質」も劣化した。

現場の看護師たちは身の危険に怯えている。この病棟には恐怖が蔓延していた。竜崎は夜勤帯も、当直と一緒に小坂部の部屋の近くにいることにした。万一の場合、すぐに現場に向かい看護師を守る覚悟だった。「強制退院」という手段もある。患者にも入院中に守らなくてはならない規定がある。治療専念の環境を壊してはならない。滅多に規定を破る患者はいない。今回はその「滅多」に起きないことが起きている。

当直の夜ではなく、翌朝にその時がきた。緊急招集がかかる。現場では器物が破損されていた。因縁をつけ暴れたのであろう。看護師らを下げ、竜崎が正対した。

竜崎は小声で、しかし明確に小坂部に話しかけた。

「強行犯に通報されたいか。それとも即刻退院するか。二択だ」

緊張が走る。全身の入れ墨が竜崎を威嚇する。

1秒がものすごく長く感じる。

互いに目を逸らさない。竜崎は小坂部がどう出てくるかわからず、ゴクリと生唾を飲んだ。

ようやく小坂部が口を開いた。

「銭湯に連れて行ってくれ」

拍子抜けした。同時にホッとしたのも事実だったが、ここで気を抜いてはいけない。

竜崎はもう一度つばを飲み、これまでと同様、敢えて低い声で言った。

「わかった。いいだろう。ただし銭湯に行った後、二度とこの病院に顔を出さないと約束してくれ」

小坂部は竜崎の目を見たまま、頷いた。

銭湯は鈴原病院の近くにある。車で5分ほどだ。竜崎は小坂部を車の助手席に乗せ、銭湯まで送ることにした。その間、小坂部は黙ったまま、朝の街並みを睨むように見ていた。

銭湯の前に着くと、竜崎は小坂部に銭湯代を渡してやった。素直に従ってくれた極道者へのせめてもの餞別であった。その後、小坂部は約束を守り、二度と鈴原病院に顔を出すことはなかった。

＊

小坂部の一件を片付けると、竜崎は一枚のポスターを作って、病院内の要所要所に掲示した。

――暴力行為があれば警察強行犯係へ即通報！

110番通報的な安直な物ではない。電話番号は強行犯係直通の番号を載せた。不埒な連中への威嚇・警鐘となる内容にしたのだ。不本意ながら病院の外来受付にもこのポスターを目立つところに貼った。これが鈴原病院の現実であった。

命を守る者たちを護る。いかなるときも病院機能を阻害するものは排除する――普通の病院であれば、医事課がこんな問題の対応に追われることはない。だが、竜崎はそれこそがこの病院での自分の使命だと確信するようになっていた。自分がこの病院に呼ばれた理由がようやくわかった気がした。

たった一枚のポスターだったが、その効果は絶大だった。鈴原病院に出入りする「反社会的勢力」はこれを機に一気に減っていった。こういう連中に対し、毅然とした対応をとる病院であるという風評が太田原町の「ヤカラ」連中に浸透していったのであろう。病院にそういった連中が来ることはほとんどなくなった。

## 2

ヤカラ担当をして2年。竜崎は院内スタッフから、少しずつ頼りにされるようになり、本部長へと昇格していた。最初は、自分が呼ばれた理由はこうした病院外の問題を解決するためだったかと思っていた。しかし竜崎は、この病院の立て直しを託した鈴原良子が「病院を守るために私の家族を切ってもいい」と言っていたことがずっと気になっていた。病院外の問題を解決するために、鈴原良子の家族を切る必要はなかったからである。

鈴原病院は、現理事長・鈴原 雄の祖父である鈴原雄大（ゆうだい）によって昭和5年に作られた。最初は街の小さな診療所であったという。

勉強熱心で助けを求めている人のためならどんなことでもやる雄大は、次第にこの街にどんな病気や怪我をしても助けられる病院を作ろうと小さな診療所を立派な病院へと変えていった。だが終戦後の社会がまだ混乱にある中で、雄大は若くしてその命を全うする。そんな雄大が作った鈴原病院の後を継いだのは、父親の雄介（ゆうすけ）だった。

雄介も医師で、外科医だった。だが、鈴原病院を継いでからは、医者として手術台に立つより経営に心血を注ぎ、雄大が作った病床数70の小さな病院を病床数１５０の総合病院にした。診療科も内科、外科、整形外科、泌尿器科、皮膚科、耳鼻科、眼科、産婦人科だけではなく、小児科、救急医療、がん診療部、脳神経外科、心療科、形成外科と広げ、さらには介護老人保健施設（老健）まで作った。

それが今の鈴原病院の礎となっている。

雄介が80歳で引退した後は、息子である鈴原 雄が跡を継いだが、雄介と雄は病院経営について衝突することが多かったようだ。雄は、自分も医者になるのが当然だと医大を受けるが、失敗する。二年浪人したが医大に入れず、雄介の勧めもあり、大学で経営学を学んだ。その後大学卒業と同時に、鈴原病院に入職し、父親の雄介とともに経営に参加するようになった。だが、この頃から、医者である父と鈴原病院のあり方についてよくぶつかっていたようだ。「父さんは医者で経営の素人なんだから、経営のことは俺に任せておけばいいんだ」と父親の雄介によく言っていた。

雄介からすれば、雄のいう経営は素人も同然のものだったのだろう。大学で経営学を学んだといっても、所詮は座学である。実際の病院経営は、それだけでうまくいくわけはない。

「医者になれなかったお前に病院経営の何がわかる！」

雄介はよく雄を怒鳴りつけていたようだが、雄介が体調不良で引退を余儀なくされるまで、雄の考えは変わらず父親と反目し続けた。

本部長となった竜崎は、病院内で鈴原一家の噂話をよく耳にするようになっていた。それとともに、鈴原良子が竜崎に言った言葉の意味が少しずつわかり始めてきたように思う。

親子の確執は解消されないまま雄介が引退した後は、理事長となった雄が「俺に文句を言う奴がいなくなった」とばかりに、病院を私物化し始めていたのである。

鈴原雄は、父親の雄介の勧めで結婚し、猛（たけし）と良子という二人の兄妹を授かったが、良子は高校卒業と同時に家を出た。長男の猛は、医者にならずに、やはり鈴原病院で経理の仕事をしていた。猛は理事長の息子であることで自分が偉いかのように、院内で大きな顔をしていた。

権力を手にした鈴原 雄は家族経営を推し進め、自分の妻も病院内で働かせていた。夫婦の周りには、病院をよくしようという医師や事務職員ではなく、鈴原夫妻とその息子の猛に取り入ろうとする者ばかりが集まっていた。志のある医師や看護師ほど辞めていき、病院内には自分の懐ばかりを気にして、無責任な仕事をする者たちが増えていた。やくざ者や面倒な患者がやけに多かったのも、実はこの病院の腐敗の根源は、鈴原家の歪な経営にあったのだ。

竜崎は病院の抱える諸悪の根源が何であるのかに気づくと、いよいよここから鈴原病院の本当の立て直しだ。まずは鈴原にくっついて病院内で好き勝手なことをしている連中の駆除から始めよう——と自分の中で誓った。そう思うと、闘志が湧いてきた。

＊

本部長となり、院内の信頼を勝ち取ってきた竜崎は、医局の実態はほぼ把握できていた。一部の医師を除き、この病院に患者を本気で救おうと思っている医師などいなかった。本来の医師としての職務から逃避している連中がほとんどだった。確かなスキルと高い倫理観、さらにはチーム医療に根差した経営参画意識を備え持つ理想的な医師の姿は見当たらない。

その筆頭が副院長・理事という立場、要職にある医師の緒方だった。プライドだけは高いが、医師として高い医療スキルを持っているわけではない。緒方は真摯に目の前の患者に向き合うことなど皆無だった。

緒方は病院機能を敢えて積極的治療を必要としない療養型へ誘導していたため、鈴原病院が本来あるべき急性期病院の姿から大きく逸れていた。かといってリハビリ機能を強化するわけでもなく、ただ患者をベッドにつないでおくだけの治療とは呼べないものだった。自らの稚拙な医療スキルでも通用するレベルの病院構築を意図的に画策していたのだ。この陳腐化した医局の体質はトップの緒方の産物だった。

この男の悪評は数多く耳にしている。既婚者であるにも拘わらず、病院内の医師・薬剤師・看護師など複数の女に手を出していた。どう見てもうだつの上がらない小男である。

緒方の妻である澤本も医師として鈴原病院に勤めている。この二人を雇ったのは、鈴原 雄だ。緒方は自分には鈴原が付いているから何をやってもいいのだと開き直っているように見える。職員はその後ろ盾である鈴原の存在に怯え、何もできずにいるのだ。

緒方は鈴原 雄という後ろ盾をちらつかせながら、自分に盾突く者を巧みに排除する天才でもあった。縁あって入職した志高い優秀な医師はそういった土壌に嫌気がさして辞めていった。むしろ、優秀である故にそういう善意の医師を緒方が辞める方向へ持っていったというのが本当のところだろう。優れた医師は邪魔なだけだ。緒方の狡猾さは群を抜いていた。医局人事もこの男が牛耳っている。病院にとってのエンジン部分が機能不全状態に陥っていた。

悪貨は良貨を駆逐する——鈴原病院は、典型的な腐敗組織に堕落していた。病院をよくしよう、地域住民のための病院を作ろう、初代・雄大の志はすでにこの病院から消えていた。緒方によって、志ある医師ほど辞めていく。人材が蝕まれていく最悪の組織が竜崎の目の前に立ちはだかっていた。

## 3

竜崎にとって緒方の医局独裁は〝ヤカラ〟排除後、最初に取り組むべき課題であった。そのため、密かにこの害虫を駆除する機会をうかがっていた。しかしそのタイミングはなかなか来なかった。

ある日、緒方の妻である澤本が担当した患者が亡くなった。家族から、死因が納得できないという旨のクレームが主治医である澤本に来た。しかし、この病院には驚くべきことに通常どの病院にもあるべき病理解剖マニュアルがなかった。

竜崎は急遽、医事課と医師、看護師の数名で専門文献を参考にマニュアルを慎重に作り上げた。死亡確認後、主治医によって遺族に対して病理解剖の説明と承諾を得た後、細かい規定に基づき病理解剖の処置を取っていく。解剖には病理解剖以外にも司法解剖や医療事故調査解剖などがあるが、無論それぞれについてのマニュアルが必要だった。このうち病理解剖は病院で亡くなった人に対して、臨床診断の妥当性や死因の解明などを目的に行うものである。基本的な流れはひな形に合わせて作っていくが、細かい部分は現場に合わせたものにしなければならない。最終的にコンプライアンス等、内容に不備がないことを全員でチェックし何とかマニュアルを作り上げた。その直後、竜崎は理事長室に呼ばれた。待ち受けていたのは、案の定鈴原と緒方だった。

「君がこのマニュアルを作ったのか。緒方副院長がこのマニュアルについて、不備があるということだ」

鈴原がまず口を開いた。

「このマニュアルでは、事案発生後、患者家族との最初の接点が主治医となっているが、どういうことだ。ここはチムチョウが担当すべきだろう。何を考えているんや」

緒方は幼少期から、海外を転々として暮らしていたこともあり、日本語が上手ではない。「チムチョウ」は「事務長」のことだろうと竜崎は考え、答えた。

「いえ、患者の死因も含め死後の対応等については、通常、主治医が家族との窓口になることになっております」

今回の懸案から主治医である緒方の妻の立場を守る企みが見え隠れしている。事務長に責任転嫁でもしたいのか。

緒方は顔を真っ赤にし、興奮している。

「ちみ、誰に向かってものいうてんのや」

同席している鈴原の権威を笠に着る。馬鹿かこいつは。さすがに堪忍袋の緒が切れる。

「てめえだよ、この野郎。話はそれだけか。ふざけたことほざくんじゃねえぞ。この野郎」

竜崎は低いがはっきりとした口調でそう言い放ち、理事長室を出た。――後は野となれ山となれ。気分は爽快。ちんぴら医師を少しは驚かせただろう。ああいう「ヤカラ」は概して小心者だ。後は鈴原だが、どう出るか。こっちが正論だ。どうであれ直接鈴原に弓を引いたわけではない。知ったことか。

竜崎は緒方からの報復を覚悟していたが、しかしその後、竜崎の予想に反して意外な展開となった。緒方が竜崎に取り入る態度をとり始めたのだ。緒方による竜崎の懐柔だった。緒方は理事であり副院長、片や竜崎は事務方の本部長である。院内でのパワーバランスは緒方が圧倒的優位なままだ。にもかかわらず、緒方からはやれ食事、やれ麻雀、やれ飲み会と誘われた。

緒方の懐柔策は竜崎の予期せぬものであったが、断る理由もなかったので誘いを受けることにした。しかし結果的には、竜崎にとって付き合えば付き合うほど緒方という人間への嫌悪が増すことになった。

ある日、緒方を含め三人の医師と麻雀をしたときのことだ。開始早々に緒方の携帯電話が鳴った。病院からだ。患者が急変でもしたのか——勤務明けではあったが、急患であれば急いで病院へ戻るべきだろう。しかも雀荘は病院のすぐ隣にあった。中断して5分もあれば現場に駆け付けられる。だが、緒方はこうのたまった。

「今手が離せない。誰かほかを当たれ。こんな電話かけてくるな」

手は牌を握りながら目は捨て牌を追っている。これが医師といえるか——竜崎は心底失望した。俺を手懐けて従わせようとでも思ったか。そうはいかないぞ、この下衆野郎。この日以来、竜崎は緒方からの誘いを断った。

＊

緒方には副院長・理事のほかに介護老人保健施設（老健）の施設長という肩書がある。病院に併設している老健は100床規模だが介護保険制度の下、要介護度に応じて利用者のニーズに応える。入所やデイケアで成り立っている。

老健の財務資料に目を通していると、竜崎は稼働率が気になった。95％前後を推移している。一過性ではないようだ。高齢者は年々増加しており、ほとんどの老健は満床状態だったが、ここは当たり前のように連続して100％を切っている。おかしいと思い、看護師長を呼んだ。

「稼働が低いのは何か理由があるのか」

「いえ、施設長からその程度でいいとの命令が出ていますので」

「わかった。もういい」

施設長室に乗り込むと先客があったようで、髪を直しながら挙動不審な女性看護師が部屋から忙しない様子で出てきた。どうも様子がおかしかったが、竜崎はそのことにはかまわず、気になっていたことを緒方に聞いた。

「老健の稼働率を抑えているのは何か特別の理由でもあるのですか」

丁重に問い質した。緒方は自分の怠慢を指摘されたと受け止めたのであろう。

「満床だと事故に繋がる。現場の負担が大きい。敢えて95人程度にしている」

もっともらしいことを言うが、何かあるに違いない。

「全国の老健は、150床、200床レベルですら低収益な環境下、満床を必死に維持し経営努力していることは御存じですね。施設長として責務を果たしていない。業務怠慢だ。このことが経営上の背信行為であることを御自身が承知されているならやむを得ません。そもそもあんた、この部屋で何やってんだ。副院長・施設長兼務という重責がありながらいつも暇そうで羨ましい限りですね。女性がよく部屋に出入りしているようですが、そっちで忙しい訳だ」

図星だろう。緒方は無言であった。面と向かって非難されることには不慣れなのだろう。陰で人の誹謗中傷をする「ヤカラ」はこうした場面で堂々と切り返すことができない。お前が裏で権力とつるみ、これ以上風土を汚すことはこの竜崎が絶対阻止してみせる。その時、竜崎の中にさらなる闘志が湧いた。

緒方はその後、自分と自分の妻、さらに3人の消化器内科の医師を引き連れ退職した。中小病院にとって一挙に5人もの医師が退職することがどれだけ経営を揺るがすことになるか緒方は十分知っていたはずだ。病院が自分の思うままにならないのなら最後に打撃を与えてやろうとでもいうところだろう。そんなものは負け犬の最後の遠吠えだった。いずれにせよ「組織の癌」であった緒方とその取り巻き医師は一掃された。

## 4

次に竜崎が病院改善のために目をつけたのが、理事長鈴原 雄を取り囲む女たちだ。竜崎がわかっているだけで、理事で看護部局長でもある妻のれい、鈴原と男女の関係にある看護部長の持田、鈴原が今最も寵愛している看護師の原田の3人だ。持田と原田は、鈴原 雄が自ら引き抜いてきたと聞く。

竜崎が見たところ、持田は鈴原を「あの人」と呼び、どこか妻のれいに優越感を持っているようだ。れいは、鈴原と持田の関係に内心穏やかではないが、気づかぬふりをしているようだ。高すぎるプライドが邪魔をしているのだろう。

持田は看護部長だったが、病院にあって医局と並ぶ重要な大組織である看護部の陣頭指揮が執れるような人材とは遠くかけ離れた女だった。彼女の存在が優秀な看護師たちを常時苦しめている事実は竜崎の耳にも入っている。鈴原との関係を盾に、れいをうまく操り、保身に敏感で周りに自分好みの看護師を集めているのが現状だ。何よりも自分の我儘な感情がいつも優先されていた。患者のための看護よりも、持田に取り入ることが優先され、病院を良くしようといった気概は今の看護部にはなかった。持田にとって高度な看護技術をもった看護師はむしろ邪魔で、彼女らに対し悪質・陰湿ないじめを繰り返していることもわかった。

竜崎はこの持田を切り捨てる機会を虎視眈々と狙っていた。鈴原の女であり、妻のれいにも巧みに付け入る看護部長をどのように成敗するか。難題である。正面から切り込んでいっても鈴原雄が「はいそうですか」と素直に受け入れる訳がない。一方で妻のれいにしても、いくら持田をよく思っていないとしても、夫である理事長の雄に楯突くほどの理由はなかった。それができるなら、そもそも能力のない持田を看護部長という病院の要職に就けてはいない。だが組織に巣食う寄生虫は何としてでも駆除しなければならない。

そんな持田を駆除する絶好の機会が到来した。

原田が引き金である。鈴原 雄と彼女の汚れた関係を病院内で知らない者はいない。したたかさでは持田を上回る。鈴原はこの女に骨抜きにされ、翻弄されていた。実力もないこの女は鈴原の特別扱いで、ほかの看護師たちよりも早い昇進を遂げ、自分の立ち位置を守っていた。理事長のこの女に対するあまりに露骨な私情人事は組織のモチベーションを著しく低下させていた。

あるとき、この原田を人事考課室長に抜擢する鈴原人事が発令された。原田の個人的願望を鈴原が鵜呑みにしたのであろう。この人事自体が人事考課の意義を失墜させることに気づかないところが、すでに鈴原 雄がこの病院で独裁を行い、周りには経営など考えない権力の犬しかいないことを物語っていた。原田の室長昇格は二階級特進だが、それ以上に人事考課室への異動は、この女に看護部全体の人事に大きな力を与えることになる。役職以上に大きな影響力を持っていた。適切な人材はほかにいくらでもいたが、なぜか鶴の一声で原田がその要職の座に就いた。笑止千万だった。

しかし結果として、この余りに稚拙で言語道断な人事が功を奏した。鈴原 雄のもう一人の女であった持田が噛みついてきたのだ。人事開示の翌日、午後一番に部長の持田以下、副部長二人を引き連れて竜崎の部屋に押し入ってきた。

「何事ですか。尋常ではなさそうですね」

「今回の原田人事考課室長人事に対し看護部総意で反対である旨、上申書を理事長に渡していただきたい」

随分と威勢がいい。

「拝読しましょう」

竜崎は持田の持ってきた書類に視線を落とした。内容は鈴原宛。看護部師長会（上級管理職・責任者）一同が総意で反対し、即時撤回を求める内容であった。原田ごときが病院人事の窓口的役割を担えるはずがない。火を見るよりも明らかである。云々かんぬん……。竜崎も内容には概ね同意であったが、持田の行動は要するに感情的な怒りに端を発している。自分よりも鈴原の優遇を受ける原田の存在が許せないのである。このような私情の喧嘩は、一蹴してもよかったが、竜崎はこのとき、この持田の行動を利用すれば、持田と原田の立場を弱くすることができるかもしれないと考えた。そこで一計を講じてみることにした。

「連名の中に持田さん、あなたの名前が見当たらないが、総意を代表しているのは無論あなたですね」

「というより、総意として……」

この女狐、肝心なところは逃げる。さらに竜崎は続けた。

「しかし内容が内容です。そこをぼかすわけにはいきません。これを鈴原に渡しますが、最高人事権者に対して、それを否定する行為は通常ではあり得ませんよ。内容自体はやぶさかではありませんが」

上申書として出すからには、看護部長として出すべきである、一般的な組織では決して通用しないことを重ねて念押しした。それなりの覚悟が必要であることを匂わせたつもりであったが、相手は興奮しており、それが伝わらない。竜崎の趣旨が理解できればその場で上申撤回できるチャンスであったのに。この行為が墓穴を掘ることになった。

後はこの上申書を鈴原に渡すタイミングだ。その絶好のチャンスは翌日訪れた。鈴原雄だけでなく、妻のれいがいるタイミング——夫婦が一緒に理事長室にいるときを見計らい、この上申書を持っていった。

敢えてれいが同席していたテーブルでおもむろに上申書を鈴原に提示し、同時にれいにも見せ、共有させた。二人が内容を見た後、切り出した。

「最高人事権者の鈴原トップダウン人事に対し、看護部長レベルが撤回を求める行為自体、組織にあって非常識ではないかと考えます。上申書という手段であたかも看護部総意としていますが、首謀は持田であることは事前面談で確認済みです。このようなことがまかり通れば組織が成立しません。持田には、相応の懲戒処分を覚悟してもらうのが得策です。また上申書にある原田に対する評価はある意味適格であるとも考えます。よって原田に対しても看護部を混乱させた張本人として、今回の人事を撤回し降格処分とするのが妥当と考えます」

あくまで持田と原田の非を全面に出し、二人に焦点を絞る。今回のことの発端である鈴原雄の愚弄な人事は指摘しない。鈴原は黙った。この男不都合なときはいつも逃げる。

竜崎は、夫の鈴原雄の行動を予想していた。そのうえで恭しくれいに言った。

「奥様は私の判断をどう思われますか」

敢えて局長と呼ばず奥様と呼びかける。れいが、持田、それ以上に原田と鈴原の関係に内心強い不快感を持っていることは百も承知だ。持田と同時に原田を否定するこの事案はれいの感情をくすぐり同意することも見越していた。夫婦同席時を狙ったのは、そのためだ。

「そうね。その通りだわ。同意します。主人の顔が潰れないようにお願いします」

案の定、竜崎の想定した通りの応えがれいから返ってくる。理事であり、妻でもあるれいに先にこう言われてしまっては、理事長の雄も竜崎の具申を否定するわけにもいかなかった。

「まったくけしからんな。ははははは。その方向でやってくれ」

鈴原の笑って誤魔化すはお手のものだ。ともあれ、これで看護部における代表的な二匹の害虫をまとめて衰弱させることができる。この流れ、このタイミング、すべてが竜崎に味方した。

しかし、効果は竜崎の予想よりも大きかった。その後、ほぼ同時期にこの寄生虫どもは退職したのである。持田は子飼いの看護師を引き連れて出て行き、一方の原田はこれ見よがしに近隣の病院に転出して行った。

こうして医局・看護部の大掃除が終わった。

# 第二章　命懸けの病院新築計画

# 1

時は慌しく過ぎ、竜崎が鈴原病院に入職して6年間が経った2008年、竜崎は総局長・理事として、忙しい毎日を送っていた。目下の最大の課題は、鈴原病院の老朽化問題であった。1995年の阪神・淡路大震災以降、鈴原病院がある関西では、地震に対する防災への関心が強くなっていた。そこにきて鈴原病院は、阪神・淡路大震災による打撃も大きく増改築でなんとかしのいだものの、築70年以上を経過しており、最低でも大規模改修が必要となっていた。

竜崎も、入職した当時から鈴原病院は防災対策がほとんどされていないことに疑問を抱いていた。いずれはこの問題に手をつけなければならない。しかしそのときは、病院を新築するしかないだろうと思っていた。竜崎は目の前の課題だけではなく、この病院が抱えるいくつもの問題に対し、同時進行で進めようと準備を進めてきた。そして病院の改修をするくらいならいっそのこと、建て替えによって病院機能を強化し、経営面でも一気に赤字体質を脱却するつもりであった。

しかし最大の問題は、病院新築のための資金調達だ。病院には資金がない。金融機関からの融資にも限界がある。そもそも、赤字経営が続いているのだ。

竜崎は全国医療支援センター兵庫支社に足を運んだ。財務状況は褒められるようなものではない。今後の事業展開も大きな飛躍が約束されてはいない。ハードルは高い。だが、3年間足を運び続けた。

そんな時、2011年東日本大震災が起こった。世の中は一気に大地震への警戒ムードが高まった。竜崎が考えていた耐震強化のための新築は「大義名分」となり、国の二次救急耐震化補助金の申請をすることができた。補助金の対象となる確率は低いが、もしこの申請が通れば新築資金の大きな一歩となる。

資金調達をする間も、竜崎はじっと待ってはいなかった。鈴原の紹介により、地元の設計士に新築するとどのくらいの資金が必要になるかを相談した。結果、概算で低く見積もっても40億円近くの出費が伴うことがわかった。

ほかに打つ手はないのだろうか……。そんなことを思っていたある朝、経済新聞の朝刊一面でコンストラクションマネジメント（CM）の記事が目に留まった。

建設工期の遅れや予算超過などを防止するため、マネジメントを専門に行うコンストラクション・マネージャーが、発注者とともにプロジェクト全般を管理するというのだ。

　このCMを担っているのは大手商社の華村商事だった。

　華村商事といえば、日本を代表する財閥系、大手商事会社の一つで、実績も豊富だ。竜崎は直感で「これだ」と思った。

　竜崎は新聞を机の上に広げたまま、すぐに華村商事兵庫支社に電話をした。

「今朝の朝刊に紹介されていたコンストラクションマネジメントについて、おうかがいしたいのですが」

「申し訳ありません。東京本社へ御確認いただけますか。東京の管轄なんです」

　虎ノ門か……。ちょっと気が引ける。ハードルが高い。だが弱腰になっていては駄目だ。鈴原病院の患者と職員のために、なんとしても新築を実現させたい。可能性を信じよう。一途な思いが背中を押した。

　度胸を決めて、華村商事東京本社へ電話する。

「担当者に代わります」

「お電話代わりました。コンストラクションマネジメント担当の岡元です」

　岡元は、竜崎の話を聞くと即座に言った。

「詳細を伺いたいので兵庫まで参ります」

兵庫の地方中小病院の問い合わせにもかかわらず、快諾し、出向いてくれるという。時流が竜崎に味方したとしか思えなかった。


時を同じくして、全国医療支援センター融資担当の門脇から連絡があった。

「竜崎さん、厳しいのを承知で東京の審査にかけます。結果は保証できませんが、私も東京に出向き掛け合いますよ。熱意は十分伝わりました」

門脇は、竜崎がこれまで何度も交渉に出向いた相手だった。地震に対する耐震性が取り沙汰されている世の中で、鈴原病院の建物の古さ、耐震性のなさ、そこで働くスタッフと患者に安心できる設備を整えなければならない。そのため病院新築は必須であることを訴えても、門脇は今の赤字経営のままでは融資はできないと首を縦に振らなかった男だ。だが竜崎が何度も通っては病院新築の必要性を訴えるうち、竜崎を応援する気になってくれたのだった。

吉報は定例会議中に届いた。

電話を受けた職員が興奮した様子で会議中に竜崎にメモを渡す。

――全国医療支援センターの門脇様より
今無事に決裁がおりました。融資13億円決定です。竜崎さんに宜しくお伝え下さい。おめでとうございます。
門脇への感謝の想いが溢れた。純粋な想いは通じる。竜崎はメモに目を通すと一人喜びを噛み締めた。何か、長い間動かなかった歯車がしっかりと噛み合ったようだった。新築プロジェクトが一気に前へ動いた気がした。

＊

華村商事の岡元は竜崎との初回の面談を終えるとすぐに、鈴原病院のかなり詳細な新築プランを送ってきた。

竜崎は資金調達の最中に、理事長の鈴原の紹介による地元の設計事務所に見積もりを頼んでいた。その設計事務所から建築費には低く見積もっても40億円前後かかると言われていたが、華村商事の新築計画では、総工費は26億円と算出されていた。設計と施工のコスト管理はＣＭ

としての彼らだから可能となる。ぎりぎりまで予算折衝を繰り返し、品質を高く維持し、同時にコストを下げていた。

総工費26億円。こうなると計画は現実味をかなり帯びてくる。すでに決まった全国医療支援センターの融資が13億円なので、資金調達はあと半分必要だった。

竜崎は病院新築に向けて、この頃から金融機関をはじめとする、行政や華村商事との交渉に、同じ医事課の丸山を連れて動いていた。孤軍で戦うことに慣れていた竜崎にとって、丸山は強力な援軍だった。丸山の存在がなければ、幾多の難問に立ち向かうことはできなかっただろう。丸山は竜崎にとって、唯一ベクトルを共有できる参謀であった。

丸山は元々これまでずっと地域連携室に所属していた男だ。竜崎が入職したばかりの頃、丸山の仕事ぶりを見て、この病院の誰にも付かず、地位や権力を手に入れるために誰かに忖度することもなく、ただひたすら真面目に、真摯に自分のやるべき仕事を黙々とやる姿に、好感を持っていた。話してみると、人柄もよく、周囲のスタッフからも慕われている。この男と一緒に仕事がしたい。竜崎は素直にそう思った。

ある朝、竜崎は給湯室で丸山と遭遇すると、すかさず「以前から君とじっくり話したいと思っていたんだ。僕はできれば君とこの病院を一緒に良くしていきたいと思っている」と手を差し出した。丸山は「はあ、そうですか」と竜崎の突然の申し出に、戸惑いながらも、竜崎の手を握り、握手してきた。

その後、竜崎が丸山を本部長に任命すると、丸山はすぐに竜崎が次に何をしてほしいのかを察するようになり、竜崎が丸山を呼ぶと、さっと必要なものを差し出すようになった。竜崎の仕事の効率は丸山によって格段に上がった。

丸山は資金調達のために、竜崎から命を受けて兵庫県の耐震補助金申請をしていた。しかし、県内で新築予定の医療法人が多数申請に名乗りを上げていたため、一年前に鈴原病院の申請は却下されていた。

だが、奇跡が起こったのである。審査に合格した病院が複数辞退したのだ。理由は資金繰り困難等により新築計画を断念したことによるものだった。繰り上げ当選だった。

それは、兵庫県から突然の電話で知らされた。

「鈴原さんはまだ新築計画を継続していますか。計画プラン書が必要です。持参して下さい」

竜崎と丸山はすぐに県庁へ出向いた。その時、竜崎の手元には、完成したばかりの華村商事の岡元が作成した「新築プラン書」が用意されていた。

医療対策課担当者は、華村商事の岡元が用意した「新築プラン書」を預かると

「後日改めて連絡します」

とだけ言った。

翌日、竜崎と丸山は再び県庁に呼ばれると、医療対策課担当者から

「お預かりした新築プラン書、拝見しました。よく、できていますね。これまで私が見た中で最も精度が高い。補助金対象に繰り上げます」と言った。

竜崎は丸山とこの展開に感謝し、抑えていた喜びを爆発させたのは兵庫県庁の玄関を出たときであった。9回裏逆転満塁サヨナラホームランだ！

申請から外れた後も、丸山は地道に兵庫県の動向を注視し、こまめに医療対策課の担当者に連絡を取り続け、ことあるごとに鈴原病院の新築案件について何度も話していたのだ。丸山の貢献度は高い。結果、6億円という多額な補助金を手にすることができた。丸山の勝利だ。

全国医療支援センター、兵庫県補助金、合わせて約20億の建築資金が内定する。新築が前に進む大きな原動力になった。

## 2

しかし、新築計画がようやく本格的にスタートし始める段になって、それまで黙っていた鈴原が動き出した。鈴原は新築の設計にと、室伏という男を連れてきた。室伏は柄の悪い三流ブローカーのような中年男で、どうやら旧病院の設計に絡んでいたようだった。きっと「うまい話がある」とでも鈴原に吹き込まれたのだろう。

鈴原のことだ。自分の知り合いをかませ、何かしらの恩恵を受けようとしているに違いない。すべて竜崎に任せておきながら、うまく展開すると見ればしゃしゃり出てきて理事長権限を乱用する。何かあって失敗に終わればすべての責任は竜崎にあるとする寸法だ。

鈴原に言われ、竜崎は仕方なく室伏と鈴原の打ち合わせに同席した。

そこで聞かされた室伏のプレゼンは以下のようなものだった。

工期は五年

旧病院を壊しながら新病院を建てる

病院業務を中断しながら工事をする
緩和ケアと病院は60メートルの渡り廊下で繋ぐ
総工費は最低36億円

開いた口が塞がらない。余りにも稚拙だ。鈴原に設計などわかるはずがない。室伏の言うことを鵜呑みにし、大きく頷き、納得の表情を見せ、話を進めようとする。このままでは新築は失敗に終わる。見過ごすことなどできない。

室伏を外すなら今しかない。竜崎は鈴原に、噛み砕いて現状を説明した。

「理事長、どう考えても貴方の知り合い設計士の提案は話になりません。荒唐無稽です。華村商事の提案を申し上げましょう」

工期は二年
余剰地に新病院建築、完成直後に旧病院破壊
新病院完成まで旧病院で事業継続し、新病院完成後の病院機能移転による業務中断は半日程度。病院機能をほとんど途切れることなく行うことができる。

渡り廊下は10メートル以内
総工費26億円

「いかがですか。これでも室伏さんのプランのほうがいいですか？」

小学生でもわかる話だった。しかし鈴原は不服そうな表情を浮かべる。だが反論の余地無く渋々納得し、翌日、室伏に設計担当から外すことを言うと約束した。

だが、その時が来ると、鈴原は約束の時間に現れない。

竜崎が電話をすると
「いやぁ、どうも調子が悪いんや。お前がやっといてくれないか。ゲフッ、じゃ頼むわ。ゲフッ」

完全に酔っ払っている。酒を飲んでいるのは電話口でもわかる。呂律が回っていない。こうしたことは、これまでにもあった。今更驚きもしない。いつも通り、この場を収めよう。

竜崎は一人、室伏に会い、厳しい口調で言い放った。

「今回は、縁がなかったということです。またの機会に宜しく頼みます」

「鈴原理事長はこのこと、御存じなんでしょうね」

室伏は食い下がる。

「当然です」

話はついた。

## 3

竜崎は華村商事とＣＭの正式契約を交わし、新築は彼らにすべて託された。なんの問題もなく工事は順調に進んでいく。完璧だった。難工事にもかかわらず確実に工期予定をこなしていく。

鈴原病院が面している正面道路には華村商事・林田組・藤谷仁朗の看板が掲示された。予算を抑えるために華村商事が考え抜いたプランだったが、施工業者は大手ゼネコンの林田組だった。設計士の藤谷仁朗による設計は、兵庫県の耐震補助金申請でも担当からお墨付きをもらった設計である。藤谷は病院建設のプロフェッショナルであり、林田組による施工となったのは、華村商事が愛知県の別の病院で、似たような案件を一緒に手掛けた縁で、今回の鈴原病院の新築プロジェクトも破格の値段で受けてもらったからと、華村商事のプロジェクト責任者の岡元から後日教えてもらった。地方の名もない病院が、日本が世界に誇る業者によって生まれ変わろうとしていた。

そんなとき、またしても竜崎は鈴原から理事長室に呼び出された。


自分の城である理事長室にいるときの鈴原は、いつにも増してリラックスしているようだった。れいや以前に辞めた緒方の施設長室にいる時には、どこか落ち着かないそぶりをしていた男が、自席でふんぞり返っている。

「何でしょうか」

「工事はだいぶ進んでいるようだな」

「はい。おかげさまで」

「そろそろ華村商事を外さないか」

言っている意味がわからなかった。

「どういう意味でしょうか」

「いや、もう華村商事がいなくても工事はできるだろう」

さすがに竜崎もこれは想定外だった。華村商事によって、総工費は26億円まで抑えたとはいえ、鈴原病院にとっては、身の丈以上の投資である。失敗すれば確実にこの病院は破綻する。そのプロジェクトの責任者である華村商事を外せば、結果は火を見るよりも明らかだった。

「……この工事は最後まで華村商事が責任を持って仕上げる約束です。ＣＭとはそういう役割を担っていることは以前から申し上げていたと思いますが」

鈴原のあまりの無謀さに、竜崎はめまいを覚えたが、なんとか礼を失しないように慎重に言葉を選んだつもりであった。

「ここまできたら、設計屋と建築屋でできるだろう」

しかし、そんな竜崎の胸の内はまったくお構いなしに、鈴原はなおも華村商事外しにこだわる。

竜崎は、目の前が暗くなるのを感じた。

これまで何度もこの病院の理不尽な事柄に耐えてきた。最初に鈴原良子と交わした約束――この病院を変えてほしい、という良子の切実な依頼に応えるため。そして、患者を助けるための施設として、そこで働く志ある医師や看護師、スタッフたちが、病院本来の目的のために気持ちよく働ける場所を作るため。一部の人間の利益のためだけに蹂躙されていた鈴原病院を再建するために、ここまで奮闘してきたつもりだった。

鈴原病院の新築プロジェクトは、こうした想いを実現するために絶対に成功させなければならないものであった。失敗して竜崎の首が飛ぶだけであればまだいい。しかし新築プロジェクトの失敗はそんな甘いものでは済まない。20億円以上の借金を抱えて、この病院が根本的に生まれ変わることができなければ、この病院の未来はもはや絶望的であった。

やはり、この男だ。いくら病院に巣食う害虫を駆除しても、いくら病院経営を黒字化するために病院再建の努力をしても、この男が鈴原病院の理事長である限り、この病院は変われない――竜崎は改めて鈴原良子が言っていた「身内を切ることになっても」という言葉を思い返した。

総工費26億円のプロジェクトがとん挫すれば、鈴原 雄とて無傷では済まない。むしろ一番の責任は目の前でふんぞり返っている男に問われる。だが、この男にはそのことがわかっていないのだろう。でなければ、こんな無茶な話をするはずはない。

動機は個人的な、下卑た欲に決まっている。

鈴原には利害関係で結ばれた地元の取り巻きがいる。

彼らとの会合で鈴原は言われたのだ。

「理事長である鈴原さんが無視されとるで。竜崎は何を考えとんのや。あんたの病院やで。勝手させたらあかんがな。あんたの立場がなくなるで。みんな心配しとる」当たらずとも遠からず。大方、そんなところだろう。結果、鈴原は俺を呼び出したのだ。

竜崎は入職してから、何度となく鈴原に呼ばれ、そのたびに言いがかりともいえるようなことを言われ続けてきた。この病院を少しでも良くしたいと竜崎が日々奔走すればするほど鈴原は自分の立場がなくなるのではないかと恐れをなした。

そんな彼の不安を煽るように周囲の取り巻き連中が彼に竜崎は危険人物だ、お前の居場所がなくなるぞと脅しをかける。彼らは鈴原を心配するフリをして、いつまでも鈴原にこの病院のトップとして君臨していてほしかった。そうして、鈴原を自分たちの意のままに動かし、必要な時に金を出させられればいいのだ。結果、鈴原病院が倒産しても知ったことではない。なぜ鈴原はそんなこともわからないのだろう。

目の前の鈴原雄は、華村外しは既定路線、よもや自分の意に背くことはないだろうな、というように余裕たっぷりで、ふんぞり返っている。

竜崎はこれまでにない疲れを感じた。自分の頑張りはどこまでいっても報われないのだろうと悟ってしまった。

身体が重い。

もうすべてを投げ出してもいいだろう。

そんな考えが頭をよぎった。

竜崎の中で、ガラガラと戦意が音をたてて崩れていくのがわかった。


「……そこまでおっしゃるのであれば、華村商事採用の責任を取って辞めさせていただきます」

気づけばそう口走っていた。

入職してから何度となく困難と向き合い、その都度辞職する覚悟を胸に秘め、ここまでやってきた。だがそれは独りよがりだったということだ。

誰もこの病院を本気で立て直す気などないのだ。外から来た俺がひとり奮闘してどうなるわけでもない。知ったことか！

自分の利益のことしか考えられない奴のために、必死になってどうする。こんな下衆野郎にこれ以上エネルギーを無駄に使う必要はない。

「いや、そこまで言わんでいいよ」

「いえ、そうさせていただきます」

竜崎はそう言うと、理事長室を出た。

心に何ともいえない虚脱感が漂った。自分の中に、まだ途中で投げ出す悔しさが残っていることに気づきはしたが、それ以上にもう鈴原と、この病院と関わりたくないという思いのほうが強かった。

その夜、竜崎は華村商事の岡元に電話をし、辞職することを話した。

## 4

「……竜崎さん、貴方がそう決心をされたのであれば、尊重します。ただしその場合、我々も藤谷も林田も全員撤退します。その責任は理事長に取っていただきましょう。理事長は契約不履行という言葉を御存じないようですね。愚かな方だ。これまで華村商事のためにご苦労をおかけし、申し訳ありません。感謝いたします」

涙が出た。岡元の言葉に勇気づけられた夜だった。

2日後の朝、8時に華村商事の岡元から竜崎に電話があった。

「竜崎さん、やっぱり辞めるのは考え直しましょう。藤谷さんの設計が兵庫県で大変高い評価を受けました。県の要請している高い耐震基準をクリアしているので、容積率制限の緩和が適用されます。新病院完成後、併設して632・57㎡の新たな建物の建築が許可されました。兵庫でも三番目とのことです。バリアフリー法準拠への大きなご褒美です」

容積率が緩和されるということは、新病院機能をバックアップする施設を増やせることを意味する。今回の新築プランは単に耐震性などの安全面や機能面の強化だけが目的ではなかった。地域の急性期病院として、中核的な存在として鈴原病院を生まれ変わらせ、急患の受け入れ拡大を行い、病院の回転率を上げることで赤字脱却を狙ったプランだった。そこに医療看護のサービス機能をさらに拡充することができれば、今回の投資回収計画は大幅に向上する。

「竜崎さん、辞表提出はこの件を理事長にお伝えした後でもよろしいんじゃないですか。様子をご覧になってからで。この土地を法人敷地外で別途所有しようとすれば、8000万円相当に換算できるということです」

竜崎は岡元との電話を終えると、鈴原のいる理事長室に向かった。
鈴原は一昨日のことはなかったかのように、竜崎を迎え入れる。
居心地が悪い。
竜崎は淡々と先ほどの岡元からの知らせを報告した。

鈴原は、話を聞き終わると、勝ち誇ったかのような笑みを浮かべ
「そうか。そういう展開になると俺が前から言っていただろう。華村商事はよくやったな。外せん、な」
――舌の根も乾かぬうち、とはこのことであろう。一昨日の言葉はいったい何だったのだろう。白々しいにもほどがある。「棚からぼた餅」に目が眩んだのであろうか。設計士の藤谷仁朗の新病院設計への真摯な情熱や苦労を微塵も知らず、よく言えたもんだ。
だが、竜崎は辞表を胸に納めることにした。

鈴原は直後の法人朝礼でこうのたまった。
「私、鈴原が誘導して容積率緩和が実現した。期待に応えてくれた。以前から指示していたこ

とだ」

どの口が言う。虚言癖もある。これが鈴原だ。


こうして新病院の隣に別棟が併設されることになった。

そこは在宅総合支援センターとして在宅を中心に医療・看護・介護・歯科を網羅した相談窓口となり、患者とその家族、利用者に対しあらゆるサービスを提供する場所となった。


だが、新病院建築中の鈴原の横槍は、その後も続いた。

その一つに駐輪場の問題がある。

華村商事が中心となり、新病院建築においては、病院機能には支障がないよう最大の配慮がなされていたが、旧病院時代に備わっていた駐輪場は工事進行上、一時的に手狭になったり、閉鎖を余儀なくされた。

駐輪場がなくなって困った鈴原の取り巻き患者の愚痴か告げ口があったのであろう。

ある日、竜崎はまたしても鈴原に呼び出された。

「駐輪場はどうなっている。患者が困っているぞ。対策を考えているのか」

開口一番、鈴原はやや興奮気味に竜崎に迫ってきた。まるで鬼の首でも取ったかのようだ。薄れている自分の存在をここぞとばかりに発揮しようとしているのがわかる。きっと家族で「駐輪場問題」で大騒ぎしたに違いない。

「何も対処していないのだろう。患者が減ったらどうするんだ。俺が町の有力者に手をまわして病院裏の町有地を駐輪場として使ってもいいように手配しておいた。有難く思え。早速その方向で進めろ」

俺には力があるんだ、思い知ったか、と鈴原はふんぞり返っている。

鈴原が言う病院裏の町有地は、病院裏の川沿いにあり、散歩する人が休憩したり待ち合わせに使ったりする町民の憩いの場だ。――わかってないのはお前のほうだ。

「それはできません。ご配慮には感謝しますが、私的工事のために町民のためのエリアを侵害することは余りに身勝手です。近隣の方々の反感を買うことになります」

こんなこともわからないとは呆れる。

「何だと。俺が有力者に頼んでやったことにケチを付けるつもりか」

「今申し上げた以上でも以下でもありません。駐輪場のことより、その行為・振る舞いが病院の評価を下げます」

竜崎はそれだけ言うと部屋を出た。しかしそれで引っ込むような鈴原ではない。

翌日、竜崎は再び鈴原に呼ばれた。

そこで鈴原から聞かされた言葉は、あまりに衝撃的なものだった。

「お前が昨日言ったことを考えた。だったら病院前の歩道を駐輪場として使え。そうすればいいだろう。問題解決だ」

病院前の歩道には視覚障碍者誘導用ブロック（点字ブロック）が設置されている。そこには何も置かないことは常識だ。ましてや医療従事者にとって絶対あってはならない発想だ。

呆れて返答に困っている竜崎に鈴原は上機嫌で話し続けた。

「猛が思いついた。さすがだろう。すぐ準備しろ」

正気の沙汰とは思えない。この親子には常識が通じない。

常識云々の前に、病院新築プロジェクトに自分たちが全く絡んでいないことが不安なのだろう。最高権限を持っているはずの理事長とその息子が蚊帳の外で、すべてを竜崎が仕切っていることが気に食わないのだ。竜崎は一呼吸おいて、ブチ切れそうになる自分をどうにか抑え、鈴原に諭すように言葉を返した。

「ご子息の提案は言語道断です。新築によって鈴原病院は生まれ変わり、地域住人の方々に医療・看護・介護でさらなる貢献を目指しているのです。工事途中で駐輪場がないことを責める患者はほとんどいません。新病院を楽しみに我慢している方々がほとんどです。近隣の方々の希望でもあるのです。駐輪場がないから患者が減る、というのはそれが理由でなく本質的な医療看護に信用がないからです。善意の患者は駐輪場が有る無しに関係なく、当院を従来通り御利用いただいています。大きなプロジェクトを進める中で駐輪場は無視していいと思います。浅ましい考えはお控え願いたい」

言わねばならないことを言い終えると、竜崎はそのまま鈴原の部屋を出た。


それでも鈴原は執念深かった。

数日後の早朝、竜崎の部屋に受付担当がやって来た。狼狽している。

「どうした」

「いえ、アポなしで突然お客さまが来られています。お通ししてよろしいでしょうか」

「誰だ」

「森屋組とおっしゃってます」

「通してくれ」

時刻は朝8時。事前に約束があれば別だが、そうでない場合は失礼にあたる時間だ。嫌な予感しかしない。森屋組は確か地元の土建屋だった。新築に関して無視されて、気分を害しているのだろう。元々鈴原とは関係が深い。これまで、鈴原病院の建築にはほとんど森屋組が介入していた。考えていても仕方がないので、竜崎はとにかく用件を聞くことにした。


社長の森屋は専務と常務を引き連れて竜崎の部屋に入ってきた。

「竜崎さん、朝早くすんまへんな」

「どういったご用件でしょうか」

「いやいや。確認でんねん」

「どういったことの確認ですか」

「病院の前の土地でんがな。あそこはなあ、わしらが苦労して地主らをようよう説得して一か所にまとめたんや。それであんたのとこが訪問介護で使えるようになったんや」

「ありがとうございます。お陰さまで大変助かっています。感謝しております」

「そこやがな。わしらあの土地紹介すんのはどこでもよかったんや。元木でも。安岡でも。それをあんたのところへ回したんや。わかるか。安岡も元木もうちに回せと、えらく泣きつかれ、断るのに難儀したんや」

——だからどうした。その時点で手数料をきっちり払っている。鈴原の条件が元木病院や安岡病院より上回ったからうちに回しただけのことだ。そもそも安岡、元木からは地理的にも離れている。位置的に効率が悪くて意味がない。

「新築もそのおかげでできる訳やろ。鈴原を優先して回したこの配慮どう思ってまんねん。少しは恩義感じたらどうや」

この言葉を待っていた。鈴原病院は森屋にとって大切なクライアントではないのか！　それを呼び捨てにしていいはずはない。下手に出て、敢えて丁重に対応し、森屋が客に対して失礼なことを言う機会を待っていたのだ。

「おう待たんかい、こら。今何て言いくさった、おんどれ。〈鈴原〉と呼び捨てしくさったな。こっちはクライアントや。どの面下げて呼び捨てさらしとんのじゃ。われ恐喝か。新築にかませろいうことか。いい加減にせんかい。なめとったら射てもたるぞ」

竜崎が摑《つか》みかからんばかりに言い寄ってきたので、森屋は度肝を抜かれている。

「おい、落とし前つけてもらうぞ。うちの理事長に謝罪せえ。二度とその面、見せんじゃねえぞ」

裏で鈴原が絵図を描いているであろうことはわかっていた。だが森屋は理事長である鈴原に謝罪し、以後、森屋組は鈴原病院への出入りは禁止となった。

竜崎はこのことを機に、鈴原病院は地元で甘い汁が吸える場所ではないことを公にした。

こうして鈴原病院は、無事に新築工事を終え、新たなスタートを切ることになった。

# 第三章　仕掛けられた罠

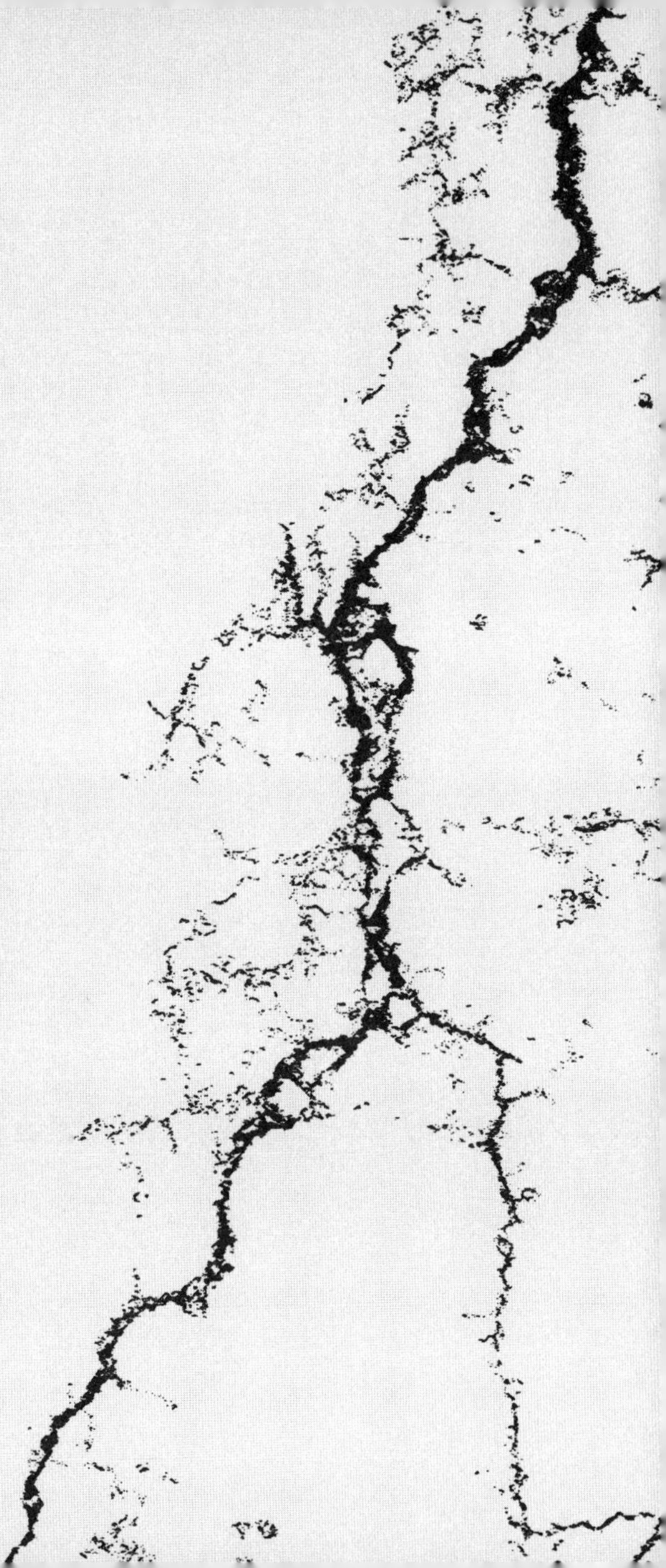

病院新築工事終了後も華村商事の岡元は足繁く鈴原病院を訪れていた。鈴原病院の新築工事に携わった岡元にとって、新しくなった鈴原病院は、どこか我が子のような存在になっていたようだ。

# *1*

２０１５年11月20日。この日も岡元は鈴原病院にやって来た。

竜崎は岡元の来訪を歓待し、太田原町の割烹料理屋で会食をした。参加メンバーは岡元、竜崎、丸山の三人。気心が知れた間柄だ。酒も進む。

だが途中、丸山が席を外すと、これまでの和やかな雰囲気とは変わり、岡元が真剣な眼差しで「経営は順調ですか？」と竜崎に問いかけてきた。

痛いところを突かれたと竜崎は思い、居住まいを正し、嘘偽りない報告をした。

「苦戦しています。新築後は赤字から脱却できず、今年度の状況次第では、金融機関も黙ってはいないでしょう」

「そうですか」

岡元はそれだけ言うと、黙って酒を口にした。

丸山が席に戻り、その話題はそこで途切れたが、岡元は竜崎の言葉に危機感を覚えたようだった。


岡元は、これまで華村商事で鈴原病院の新築工事のような案件に数え切れないほど携わってきた。新築後に多額の借り入れの返済が滞り、倒産するのを数多く見ていた。鈴原病院も同じようなことになる可能性がある。自分が深く関わったこの鈴原病院を同じようなことにはさせたくない。何かできることはないだろうか、そうした思いがあった。

丸山の酌を受けながら、岡元の表情は厳しいものになっていった。

竜崎は、岡元の様子を気がかりに思いながらも、新築工事が終わった今もこの病院を気にかけてくれる岡元の気持ちに、感謝の思いで夜を過ごした。


翌日、岡元は東京に戻り、華村商事本社に出勤するとすぐに電話をかけた。

相手は華村商事のグループ企業である華村リースの田畑だった。

田畑は、岡元の大学時代からの友人で、華村商事内の同期でもある。

「鈴原病院が新築後、経営的苦戦を余儀なくされている。理事長代行の竜崎さんははっきりとは言わないが、3年連続の赤字だ。メインバンクであるみつあい銀行のバックアップは期待できそうにない。再生資金注入が必要になる可能性がある。支援を考えてみてはもらえないだろうか」

「鈴原病院というと、岡元がCMを手がけたところか。わかった。ちょうど今扱っている再生基金（ファンド）に余裕がある。さっそく訪問してみるとしよう」

「鈴原病院は大事な病院だ。くれぐれも宜しく頼む」

田畑は、12月に入るとすぐに、アポを取らずに鈴原病院を訪ねた。

「竜崎さんはいらっしゃいますか」

「申し訳ありません。理事長代行は所用で不在です。どういったご用件でしょうか」

「いえ、再生資金融資の件で華村リースの田畑が来たとお伝え下さい。よろしくお願い致します」

田畑は受付に名刺を渡すと帰っていった。

その頃、竜崎は鈴原 雄がこの病院を継いでから形成された悪しき鈴原病院の風土・体質の変革に取り組んでいた。目指すは、高齢者の施設的発想の療養型の病院から、患者の病気を治す急性期医療病院への転換だ。だがこれにあまり時間をかけてはいられない。病院を新築できたが、鈴原病院はここ3年連続赤字経営だ。一日も早く善意の職員を覚醒させ、病院を内側から大きく変革しなければ、これまでの苦労がすべて無駄になってしまう。

病院新築前から赤字経営ではあったが、医局・医師の精度向上・拡充には、これまでも傾注努力してきた。優れた医師の獲得には高額年俸が条件となる。一般企業においては、経営悪化時にリストラによる人件費削減と人員削減が常套手段だ。だが、労働集約産業である病院経営では「エンジン部分＝医局（優れた医師たち）」がいなくなれば病院の将来はない。人員削減は一時的に財務数字を改善させることはできるが、病院そのものが一気に機能不全となる。どんなに厳しい環境下にあろうと医局を縮小・劣化させることがあってはならない。経営悪化状況であるからこそ「スキル・モラル・経営参画意識」を備えた医師を確保拡充してきた。同時にチーム医療ができない傲慢な医師は淘汰した。実際に、厳しい局面下でも医局・医師の精度向上に力を入れてきた成果が、少しずつではあるが、目に見えてきていた。

優秀な医局・医師が模範を示せば、看護部をはじめとするほかの職員たちの意識も変わってくるのだ。チーム医療の根幹がそこにある。


竜崎は、わかりやすく、スローガンを数字にして掲げた。

一カ月の新入院患者数を７００名以上とする。

平均在院日数を2週間以内とする。

常勤医師は一カ月、各々20人以上の新入院患者確保を目標とする。


同時に急性期病院への変革を目指し、具体的目標も掲げた。

診療報酬上の病床稼働率、１００％以上。

外来数、一日８００名以上。

救急搬送受入、月間３００件以上。

長期入院患者、限りなく0名に近づける。

在宅医療・訪問看護の拡充。医療・看護・介護等の訪問系のサービスを一本化し、医療・介護院内連携及び院外連携強化。

このスローガンを職員全員に周知した。竜崎は長年染みついた体質を3年で変えると決意していた。そうしなければ、鈴原病院は倒産する危険性があると理解していたからだ。

そんなとき、循環器科に戸塚という医師が入職した。

戸塚は、竜崎がこれまで見てきた医師とは違っていた。心臓病のエキスパートだ。受入件数に異常に執着し、心臓疾患のある患者なら、どのような症状でも診断し、迅速に的確な処置をしてみせた。その強烈な姿勢が外来、オペ室、ME、入院看護部、薬局と関連部門すべてを巻き込んだ。その結果、収益は急増し、戸塚単独で救急受入件数・新入院患者数・稼働率・日当点等をすべて塗り替えた。同時に戸塚の異常ともいえるパフォーマンスに関連現場が翻弄され疲弊した。戸塚自身のキャラクターも極めて不評でチーム医療を崩壊寸前にまで追い込んだ上、業者との癒着に暴力事件まで起こし、竜崎によって解任された。在籍期間半年と短期間だったが、戸塚は鈴原病院で急性期病院のあるべき姿を示してくれた。戸塚は僅か半年間で鈴原病院の療養的体質を急性期的体質へ変革させた。特効薬的役割を果たした。だが弊害としての副作用が余りにも大きかった。

竜崎は丸山とともに、病院新築プロジェクトを進行させながら、院内のさまざまな問題を少しずつ改革していった。ようやく懸案だった経営赤字の解消に向け、院内改革が動き出していた。

だが、そんな矢先に竜崎の予想もしなかった激震が、鈴原病院を襲ったのだった。

## 2

――2016年2月26日。

竜崎はメインバンクみつあい銀行から突然呼び出され、「鈴原病院への資金融資はすべて打ち切ることになった……」と死刑宣告を言い渡された。竜崎がまさに病院内部の改革を推し進め、変革の兆しが見えてきたときのことだった。竜崎は、このままいけば赤字経営を脱却できると確信をし始めていた。

それだけに、みつあい銀行の死刑宣告にはショックを受けた。

なぜ急にこんなことに……。

だが今は、理由を考えている場合ではない。とにかく月末の業者払いをなんとかしてこの場を乗り切らなければならない。頭ではそうわかっていても、自分が何を見落とし、みつあい銀行にここまでの仕打ちを受けることになったのかを考えてしまう。

――思い当たることがあるとすれば、病院新築中であった一年前、法人資産担保以外に理事長である鈴原の個人預金1億円を担保にしたことだ。

あれは鈴原が酒で体調を壊し、自ら鈴原病院に入院していたときだった。

みつあい銀行太田原町支店の当時の支店長だった五式が、入院している鈴原の病室に乗り込んできたのだ。

「何でそんな要求に応えないかんのだ。大事な俺の金や。寝言を言うな。なぜ理事長がそこまで犠牲にならなきゃならんのだ。納得できるか。ふざけるな。出ていけ」

鈴原は五式に怒りまくった。

竜崎はこのとき、自動車免許更新のため、病院にいなかった。鈴原の対応に困り果てた五式は、竜崎を呼び出した。

「病院に来て理事長を説得してほしい」

病院に向かう途中、顧問弁護士の藤井に相談した。竜崎を心配し、すぐさま藤井も現場に駆けつけた。

藤井はキレまくる鈴原に、冷静に「理事長というのは、最初から財産すべて銀行の管理下にあるようなものです。有事のときは個人担保を差し出すことくらいは当然です」

弁護士である藤井の言葉に、鈴原はしぶしぶ納得した。だがその後も事あるごとに、「やはりあれは詐欺だ。仕組まれた！」と嘆き、竜崎にこの担保の解放をしつこく要求した。法人の経営状況、理事長責任など関係ない。自分の担保となった1億円という金に尋常でない執着を見せた。

このとき、すでにみつあい銀行は今回の周到なシナリオを用意し始めていたのかもしれない。だが、今そんなことを思い返してもどうしようもない。

＊

みつあい銀行の通告を受けたのは金曜日の午後。竜崎は薬剤ディーラー「メディカルホープ」の担当支店長である野口を呼び出した。

野口と竜崎には厚い信頼関係がある。竜崎が入職した当時、薬品ディーラーは5社あった。

メディカルホープはその中で4番手に位置していたが、病院の経費削減に協力的で、薬剤単価を大きく引き下げ貢献していた。竜崎はそのことを高く評価していた。また、鈴原病院の担当である野口の誠実な仕事ぶりと人柄に惹かれ、力になれることはないかと考え、野口の目の前で、病院前にある大手調剤薬局・第一オンリー・メディカルに電話をし、メディカルホープを売り込んだことがあった。その後、野口の営業努力もあり鈴原病院門前の第一オンリー・メディカルへの納入比率は他社を抑えトップになる。メディカルホープはこのことがきっかけで第一オンリー・メディカルの西日本全域の全支店で納入比率を上げる快挙を果たす。当然のことながら鈴原への薬品ディーラー5社競合はメディカルホープ1社の単独納入となる。これらすべて竜崎の仕掛けであった。

竜崎の突然の呼び出しに、野口はいつもと違う尋常ではない空気を感じ取った。

「今月末の支払いを延期していただけませんか。無理は承知です。資金繰りがつきません」

「分かりました。少々お時間を頂きます。明日お答えいたします」

「野口ちゃん、無理しないでください。貴方の立場もおありでしょう」

それには応えず野口は早々にその場を後にした。

翌週月曜日の午前中、もう一社の月末払い業者であるＳＰＤ社長と面談する。相手は喰えない狸爺だ。駄目元であった。不信感と猜疑心の塊のような男だ。丁重に状況報告し、厳しい現状を話した。

すると驚いたことに狸爺から支払延期を切り出した。

「メディカルホープさんが同意するなら私も非常対応いたします」

できる手は打った。この日の午後、野口が約束通り竜崎を訪問した。

「遅くなって申し訳ありません。東京本部の説得と調整に時間がかかりました。ご要望通り3カ月間支払いを延期させていただきます。御安心ください。全社をあげて応援させていただきます。御社とは一心同体と考えています」

あり得ない展開だった。

1日半で1億円の支払いを延期できた。これで即刻死刑は何とか免れた。

元来、赤字が恒常的に連続し債務超過に至った場合、メインバンクはその実情に応じて左記のようなさまざまな対応を取る。

1　利益を出す（自主経営改善努力）
2　増資する
3　債務免除
4　デット・エクイティ・スワップ
5　M&A
6　民事再生・会社更生法適用（倒産）

通常は、あくまで支援を前提に事前交渉・相談に入る。だが、みつあい銀行は皆励会存続危機の状況下、最も肝心な当該法人との交渉過程を省略した。竜崎への相談・指導など一切なく、一方的にM&Aか民事再生等の手続きを断行すべく動いたのである。経営改善動向など打診すらせず、メインバンクとしてのリスク回避を最優先したのだ。それは、医療法人皆励会を完全に見限り、支援放棄したことになる。最初から会社更生法適用（事実上の倒産）をちらつかせながらM&Aへ誘導すると、シナリオは決まっていたのだ。

だが最初のつなぎ融資（1億円）ストップで息の根を止めたはずが、想定を覆し切り抜けた。

# 3

２０１６年３月11日、竜崎は風邪をこじらせ肺炎と診断を受けた。主治医から絶対安静を命じられたが点滴をして、自主再生に向けて資金調達のために、東京へ向かった。目指すは東京虎ノ門、華村商事本社だ。丸山が同行する。

窮地に陥った竜崎に対し手を差し伸べたのは、華村商事の岡元からの紹介による華村リースの田畑であった。田畑と竜崎に面識はなかったが、以前に竜崎を訪ねていたのは知っていた。受け付けた医事課のスタッフから田畑の名刺をもらっていたのである。

みつあい銀行からの呼び出しの後、竜崎は田畑の名刺にあった電話番号に電話をかけた。田畑はすでに状況を理解していたようで、とにかく一度会いましょう、となった。

東京は、冷たい雨が降っていた。竜崎は精神的にも肉体的にも限界であった。丸山は神戸から手土産を用意していた。彼の誠意であった。

華村商事本社ビルに着くと、関係者はすでに揃っていた。応接室に通されると、華村リース、日本金融支援銀行、投資と融資を専門とする華村ケアマネジメントの三社から、それぞれ二名ずつ集まっている。話を聞いた田畑が中心となって、東京の華村商事オフィスでの面談の機会をつくってくれたのである。
竜崎は持てる力を振り絞り、この場にいる全員に挨拶をした。

「この度は貴重な時間を私共のためにおつくりいただき心から感謝申し上げます」

簡単な挨拶を済ませると、単刀直入に厳しい現状を報告した。メインバンクみつあい銀行の暴挙により窮地に陥った無念さも敢えて隠さず話し、再生支援のお願いをした。懇願といってもよかった。心の中では土下座している自分がいた。再生・支援対象として是非当法人を候補に挙げていただきたい。せめて審査対象にだけでもしてもらえないかと切々と訴えた。

竜崎の発言後、しばし沈黙のときが流れた。応接室が重い空気に包まれた。そのときである。ノックもせずにひとりの端正な顔立ちの青年が部屋に入ってきた。

青年は「華村商事の池上です」と名乗る。

竜崎はハッとした。池上とは、竜崎が鈴原病院に入職して間もない頃、病院の赤字経営を少しでもよくする方法がないかと模索する中で、鈴原病院が持っている不動産等を流動化してはどうかと華村商事に相談したことがあった。そのとき、東京からすぐに鈴原病院に足を運んでくれたのが池上だった。なぜここに池上がいるのだろう。彼の突然の登場にわが目を疑った。

池上は竜崎の視線に気づき、「ご心配なく。華村商事本丸がバックアップします」とでもいうような自信に満ちた目で竜崎を見て、小さくうなずいた。

池上はその場にいる一人ひとりの顔をじっくりと見る。華村グループの面々の顔に緊張が走った。

「鈴原病院さんは御存じとは思いますが、古くからの華村グループの大切なお客さまです。昨日、今日の付き合いではありません。そこのところよろしくお願いいたします」

池上は、それだけ言うと、関係者全員をもう一度見回した。

その視線は「このクライアントは特別だ。しっかりと配慮した対応をして失礼がないように」と訴えていた。最後に竜崎に視線を止め、黙礼し退室した。竜崎は涙が出るのを堪えた。

池上は、岡元と繋がりがあり、この会議を聞きつけ、援護射撃に出向いてくれたのだ。

池上のこの一言で、その場にいた全員が結束し、鈴原病院を支援する方向で話が加速した。

会議終了後、丸山が兵庫から持参した土産を渡した。元来、金融機関は土産を一切受け取らない。常識だ。竜崎も丸山も断られると思っていた。だが意外にも「遠路大変でしたね」と、大切そうに彼等は土産を受け取ってくれたのである。「丸ちゃん、良かった」、竜崎は相手の意外な対応に感謝した。

田畑を中心とした華村グループの用意した再生支援計画は、「メザニン・ファイナンス」と呼ばれるものであった。資金調達はその調達手段によって、通常2つの種類に分けられる。一つは借入、つまり金融機関などから利息を支払う代わりに、まとまった額のお金を借りる形、平たく言えば「借金」である。そしてもう一つは借金ではなく、出資という形で法人に資金を投入するものである。貸借対照表上では、借入は「負債」の部に記載され、出資の場合は「純資産」の部に金額が記載される。だが、メザニン・ファイナンスはこの2つの中間に位置するような資金調達手段であるため、その名前がついた。メザニンとは元々「中二階」という意味で、負債（2階）と純資産（1階）の中間に位置するというところからきている。

また、メザニン・ファイナンスは別名「劣後ローン」などともいわれ、弁済義務の優先順位が通常の借入（ローン）よりも劣るため、融資する側にとってはリスクをより多くとる形になる。

メザニンによる再生計画は、竜崎たちにとって一縷の望みといっても過言ではなかった。ほかの資金調達手段では、自主再生はほぼ不可能という状態になっていたのである。

だが、これで再生への道が開けたわけではない。奇跡的に再生資金（メザニン）打診の挨拶が許されただけだ。彼らも敢えてリスクを負わないことはわかっている。大手であればあるほど厳正な審査が待ち受けている。ただ、卑劣な仕掛けを断行しようとするみつあい銀行に対し、それを阻止すべく巨大金融機関連合が動き始めたことだけは確かだ。

## *4*

3月16日、みつあい銀行は鈴原病院に対し、M&Aによる売却処分実行を進めるにあたり、金融機関調整を担う弁護士・柿谷と、法人の売却価値を精査する公認会計士・猿屋を送り込んできた。

柿谷は、鈴原病院にやって来ると「皆さん、最初は警戒されてなかなか弁護士をつけたがらないんですが、私は銀行（みつあい）とは関係なく鈴原病院さんの立場で動く弁護士ですから、どうか一緒に頑張りましょう。できる限り力になります」と竜崎に挨拶した。

猿屋はさらに続けて

「私は以前、クライアント側に比重を過度に置いたため、みつあい銀行を出入り禁止になった男です。弁護士さんもそのことは御存じです。今回も鈴原病院側に立って対応しますからご安心ください」と言った。

竜崎は彼等の言葉を信じ、期待した。

だが、即座に裏切られた。

みつあい銀行は鈴原病院の首をしめる役割を請け負う仕掛け人を送り込んできたのだ。姑息にも多額な仕掛け人採用手数料の支払いはその全額を鈴原に振ってきた。みつあい子飼いの隠密犬を使い、鈴原病院に有無を言わさずＭ＆Ａへ誘導していくシナリオだ。


否応なくこの猿屋の監査を受けた。

売却対象の経営成績や財政状態、資金繰りを調査し、収益力に関する情報を収集し、その法人価値を決定すべく財務諸表を精査・評価を検証し、売却価値を見定める、いわゆるデューデリジェンスを行うのだ。

だが、このデューデリジェンスによって、思わぬ結果が出た。——簿外債務が発覚したのである。

医療機関債において実際の残高と帳簿上の残高で2億2０００万円の差額があり、その不一致額が簿外債務となっていたのである。これは2億円以上の使途不明金があることを意味した。

M&A実行までには短くとも数カ月を要する。

竜崎と丸山は簿外債務の存在とその額に愕然としたが、使途不明金の追及よりも、みつあい銀行の売却シナリオを全力で阻止し、再生ローン実施への転換を最優先とした。みつあい銀行もまた、この簿外債務の追及より売却実行を優先した。

みつあい銀行は、M&Aを実行するために、鈴原病院を即倒産に追い込まず、生かしておく必要があった。各金融機関とのリスケジュールの調整役はみつあい銀行が鈴原病院に送り込んだ弁護士の柿谷が請け負った。

柿谷が、竜崎と丸山を連れて、関係するすべての金融機関、みつあい銀行、大成銀行、坂上信用金庫、全国医療支援センターへ出向き、法的立場から「リスケジュール」を承服させていく。

竜崎と丸山は、経営者として、このような結果に至ったことを各金融機関の担当者へ謝罪をした。弁護士の手前、各金融機関担当者は竜崎・丸山に蔑みの鋭い視線を浴びせる。立場が違えば当然かもしれない。竜崎はなすすべもなく、ただ唇を噛み締めるしかなかった。

M&Aへのシナリオが目の前でどんどん展開していく。仕組まれたとはいえ、みつあい銀行のしたたかな作戦が鈴原病院を確実に売却物件に変貌させていくのがわかる。竜崎にとってすべてが初めての経験だ。できればこのような屈辱は体験したくはなかった。だが投げ出して逃げる訳にはいかない。

3月後半で、柿谷同行のもと、関連金融機関へのリスケジュールの依頼を終えた。リスケジュールは一時的にキャッシュフローを改善させる。

4月に入ると、第1回バンクミーティングが開催された。バンクミーティング（BM）とは、法人などの債権者である銀行が一堂に会して行われる会議のことである。通常、融資先の経営状態が悪くなった際に開かれ、金融機関同士が情報交換をして再生計画やリスケについて方針を共有する。

BMのために用意された貸し会議室に、各金融機関と竜崎と丸山が招集される。

冒頭、竜崎は柿谷からあらかじめ渡された原稿に基づき各金融機関の前で挨拶をした。債務責任者が勝手に発言し、会議を混乱させないように弁護士がその防止策として用意した原稿だ。

「この度はご多忙のところ私共のためにご参集いただきありがとうございます。経営悪化によりすでにリスケジュール対応のご同意もいただいた中で、鈴原病院は皆さまのご指導により財務状況を改善すべく努力いたす所存です。尚、今後の鈴原病院の方向性につきましては、調整役として柿谷弁護士、猿屋公認会計士の法的アドバイスを踏まえ、皆さまのご同意をいただきながら決定していく所存です。私共の経営努力が至らなかったことで関連金融機関さまへの多大なご迷惑とご心配をお掛けしましたことを謝罪申し上げます。誠に申し訳ありませんでした」

不本意ながら、みつあい銀行誘導のシナリオ通り完全降伏と恭順の意を表した。

何らかの不始末を犯し、それが露見したとき、事業者の経営陣トップが関係者や記者、視聴者に対し深々と謝罪する場面をテレビで目にすることがあった。今まさにその役を竜崎自身が演じている。発言中、この失態への聞くに堪えない罵詈雑言を矢継ぎ早に浴びせられた。

みつあい銀行を筆頭に債権者たちは検察官気取りだ。竜崎は犯罪者扱いだ。取引の多かった大成銀行と坂上信用金庫の担当者は、日頃のストレスを発散するかのように鈴原病院をいたぶる。クライアント側に立ってメインバンクに異を唱える素振りなど微塵もない。むしろメインバンクであるみつあい銀行を笠に着て威圧的態度を加速した。

はらわたが煮えくりかえったが、竜崎はひたすら耐えた。この局面で反論することの無意味さをわかっていた。耐え難き忍耐を支えていたのは、「こいつらには必ず落とし前を付ける。卑劣・無礼・狡猾極まりない金融というハイエナたちは決して許さない。正攻法で堂々と屈辱をはらしてみせる」という信念だった。

みつあい・大成・坂上信用は相互に連携し、売却へのベクトルを強固に共有していた。根回しは見事に徹底されていた。

だが彼等は、債権者の末席に座る華村ケアマネジメントの蒔田の存在に気づいていなかった。蒔田は、竜崎が再生資金（メザニン）を華村グループにお願いできないかと2016年3月11日に華村商事本社へ尋ねた後、鈴原病院の担当となり、今回、東京からわざわざこの会議の様子を見に来てくれたのだった。

蒔田は、このみつあい銀行主導のバンクミーティングの動向をただ静かに見据えていた。

融資ストップという蛮行に至る直前に華村リースの田畑の訪問を受けた竜崎は、華村系グループによる再生資金（メザニン）の選択があることをみつあい銀行に打診したことがある。無論、水面下で売却への画策を図っていた最中にあってのその提案は黙殺された。もともとメインバンクが支援協力を前提に事業者を主導・提言・環境調整して初めてメザニンは成立するもの。窮地にある中小病院がメインバンクを差し置いてそのスキルを選択すること自体があり得ない。しかもみつあい銀行は自分たちよりはるかに格上の華村系グループ金融機関がそのような救済手段をこの病院に取ること自体想定できなかったのだ。その華村系グループの窓口である華村ケアマネジメントの担当者が債権者会議に参加していたことに、みつあい銀行をはじめ、このミーティングに出席していた人間は気づきもしなかったのである。

第1回BMを終えてから約2カ月間、みつあい銀行子飼いの公認会計士・猿屋による財務デューデリジェンス（財務DD）が執行された。財務DDとはM&A（企業合併や買収）において、買い手が買収対象企業の財務・会計に関して行う調査のことだ。M&A実行に関する意思決定を行う際の情報を入手することが目的である。過去の財政状況、現在の財政状態、損益状況の推移、今後の損益や資金状況の見通しなどを調査する。さらに帳簿上の数値だけでなく、簿外債務の有無や、簿外体系の調査も行い、現状の財務諸表を作成し、買収対象企業の真実の財務状況を把握し、企業価値の実態を把握するのだ。

公認会計士による財務DDが執行されるということは、M&Aへの事前準備である。M&Aのプロセス自体、この財務DDによる調査を前提に構築されているのだ。それを根拠に売却先が決まるのである。

竜崎は、当初からM&Aの断行は承知していた。鈴原病院は売却され、余裕のある他医療法人の所有となる。経営陣は一掃され、それ以外の職員はそのまま残ることができる。外見はそのままだが、内情としての風土や理念は様変わりし、新経営陣の方針で病院の姿は変貌する。鈴原一族の負の風土からようやく脱却しようとしていた竜崎にとって、すでに体質改善のゴールは目前であった。竜崎は経営改善の準備を怠っていた訳ではなく、高収益が期待できる土台を確実に構築していたのだ。阻害要因となる鈴原一族の腐った風土も浄化努力を同時進行してきた。現状が旧態依然とした鈴原病院で、鈴原に蝕まれた状態が継続したまま経営不振を余儀なくされていたのであれば、竜崎もこのタイミングでのM&Aを歓迎したかもしれない。だが風土浄化と経営改善の双方を担ってきた竜崎にとって、鈴原病院をほかの医療法人へ身売りすることは到底承認できなかった。

第1回BMに出席した華村ケアマネジメントの蒔田は、メザニン融資に向けて準備を始めていた。経営状況の実態を踏まえ、改善可能な手段を模索していた。だがその事業計画案はインパクトに欠け、M&A阻止には至らずにいた。先手を打ってきたみつあい銀行に対し、反撃が出遅れた分、華村連合も勢いが空回りしていた。

再建へ向け、みつあい銀行の選択肢は当初からのM&Aに決まっていた。メインバンクの協力無しでメザニン融資など実現できる訳がないと決めつけている。M&Aに向けてどんどん誘導されていく様子にしびれを切らし竜崎は「メザニンも検討していただけないか」と弁護士の柿谷と公認会計士の猿屋に持ちかけるが、徒労に終わっていた。

竜崎と丸山は、何度となく柿谷・猿屋と打ち合わせを繰り返すが、彼らは華村連合の無策・無能を強調した。

「要は、地域医療と職員が守れたらいいんですよね」

4月も終わろうとする頃の打ち合わせで、柿谷は言った。その言葉には、「この局面にあってメザニンなど寝言をぬかすな。黙ってみつあいの方針に従え。往生際の悪い奴らだ」という本心が垣間見えた。

さすがの竜崎も心が萎える。意味のないやりとりに辟易した。だがここで折れる訳にはいかない。

無味乾燥な打ち合わせが終わると、外はすでに夕暮れ時だ。

竜崎は丸山に言った。

「一杯やっていこう。丸ちゃん」

「帰りましょうよ。そんな気分にはなれないです」

「こんな時だから引きずって帰るのはよそう。酒でも飲んで気分転換しよう。蕎麦屋にしよう。丸ちゃん、探してよ」

二人はしばし近くの商店街を歩き、丸山が粋な店を見つけ中に入った。

それは「いっぷく」という名の老舗蕎麦屋だった。

「まだジエンドではないと思うよ。説得力はないけど」

「頼みの華村さんも苦戦しているようですし」

「彼等を信じるしかないよ。俺たちが今できることは、みつあい銀行の仕掛けを何とかかわしながら勝機を待つしかないと思う。ごめんね、俺が不甲斐ないばっかりに丸ちゃんに苦労かけて」

「いいえ、望んでもこんな経験はできません。ご一緒させていただいてむしろ光栄です」

「どういう結果になるか、心配する暇も無いもんね」

酒が進み、久しぶりに二人は笑った。罠に嵌ったけれど、今さら後悔できない。災い転じて福となしてみようじゃないか。形勢不利は承知の上だ。明日を信じよう。明けない夜はない。ありきたりな精神論だが、竜崎は自らを鼓舞するしかなかった。まもなく閉店時間だ。二人は店を後にした。

# 5

6月18日は土曜日であった。朝早くに電話が入る。みつあい銀行債権回収部の担当者だ。どこまでも追いかけてくる。

「今日、時間取れますか。私と山城支店長で、あなたに相談があるのです」

「いえ、今日は先約があります」

「では20日の月曜日、朝9時に支店まで来てください」

「承知しました」

休日朝に突然面談要請。先約がなくても会う訳がないだろう。だがこの日は確かに先約があった。妻が気分転換にと、竜崎と丸山のために「吉元新喜劇」のチケットを用意してくれていたのだ。極力仕事を家庭に持ち込まないようにしていたが、最近の夫の様子にただならぬ気配は感じていたに違いない。

気を利かせてくれたのだ。竜崎は妻のささやかな配慮に感謝した。

夕方、竜崎は丸山と合流し「吉元新喜劇」を鑑賞した。面白いが黙る。心から笑えない。時を一瞬忘れるが、すぐに現実に戻される。複雑な心境だ。丸山も同じ心境の様子だ。

「喜劇」鑑賞の我々は「悲劇」の真只中。心に余裕がないときは何に遭遇しても感動するのは困難だ。

帰りに飲み屋に寄る。

「丸ちゃん、お疲れさま」

「いや、面白かったですよ。奥さまによろしく伝えて下さい」

「そんな気分ではない。とは言えないもんね。無理やり付き合ってくれてありがとう」

「でも今朝、みつあい銀行から呼び出しがあったそうですね」

「うん。でも先約があるときっぱり断った」

「吉元新喜劇のおかげですね」

「そのとおり。呼び出しを即座に断れた。躊躇していたら付け込まれたよ」

二人で笑った。酒が進んだ。丸山が切り出した。

「そういえば、今夜、訪問系（訪問看護・在宅医療・地域連携室等）が集まって、各サービスを一本化するキックオフ会が行われているはずです。理事長代行が以前から言っていた、患者・利用者起点に立って窓口を合同し、サービスの相乗効果を活かせという指示が実現する記念日です」

金融機関交渉に翻弄されていたが、現場は確実に進化している。彼等は医療・看護・介護のサービス精度向上に日々努力しているのだ。真摯な医師・看護師・コメディカル・事務職員の顔ぶれを思い出す。

「丸ちゃん、折角だから彼等を励ましに行こう」

「そうこなくっちゃ。もともとの仕掛け人は竜崎理事長代行です。見届ける責任があります。行きましょう」


20日、月曜日の朝9時、竜崎は丸山とみつあい銀行を訪ねた。要件は7月の賞与資金の件であった。リスケジュール執行下の事業者に2億近い資金を調達する術は無い。山城支店長が口火を切った。

「夏の賞与資金ですが、当てはないようですね」

融資ストップの張本人が他人事のように言う。医療・介護従事者はおしなべて賞与への期待が高い。賞与の動向次第で退職者数が左右されるといっても過言ではない。そういう実情を十分知った上での発言だ。リスケジュールを実行し、M&A実施まで鈴原病院の価値を落とすのは得策ではない。従業員も含め、機能を維持し、現状の力量を継続する必要がある。売却価格に直結するからにほかならない。したたかなみつあい銀行はそのあたりについて周到であった。

「条件次第で賞与貸付に応じることが可能です」

「条件とはなんですか」

「ある病院の傘下に入ることです。つまりM＆Aに応じると約束していただきたい」

「もともとその方向でお考えではないですか」

「具体的に近隣のある病院が名乗りをあげています」

「どこですか」

「例えば斎藤病院とかですね」

評判の悪い病院だ。前々からよくない噂が飛び交っている。だが決定事項ではなさそうだ。

こちらの反応をうかがっている。

そのことには答えずに。

「M＆Aが貴行の最優先策であることは承知しております。否定している訳ではありません。ただ、ほかの案も合わせて今後の展開を選択したいと思っています」

「まあ、どのようにお考えになろうとM＆Aで方針は決定ですが、夏季賞与は一時的に当行が調達せざるを得ませんね」

この場は何とか凌いだ。

本音は一切援助したくない。だが商品価値という視点で評価を下げることはできない。シナリオ遂行に多少の出血はやむを得ない。恩も売れる。これが賞与資金融資に踏み切ったみつあい銀行の決断理由であった。

経過はどうであれ、この話を受ければ、夏季賞与を全職員に支給することができる。こんな切迫した状況にあることは竜崎と丸山以外、誰も知らない。善意の職員に不安な思いは一切させたくない。

鈴原病院に戻ると、竜崎は丸山に華村リースの田畑へ連絡させた。

「本日、みつあい銀行の山城支店長からより具体的なM＆Aの話がありまして、売却候補の具体的病院名も出ました。話が加速しています。いよいよメザニンの進捗が気になります。最近は停滞感があることを理事長代行も懸念されています。頓挫しているのかどうなのか率直なところを教えていただきたいのですが、いかがでしょうか」

「進めています」

そう田畑から回答があったが、ハッキリしない部分もあり、煮え切らない様子であった。

トーンダウンが否めない。丸山は無念そうに、竜崎に報告した。報告内容を聞いた瞬間、竜崎は気づいた。この場面で重要なのは、華村リースを責めてはならないということだ。この数日間、彼等は多角的に模索したはずだ。

結果として今後の財務状況改善にインパクトのある材料が見当たらないのではないか。気づくのが遅かった。彼等まかせにして何とかしてもらえると甘えていた自分に腹が立った。

竜崎は彼等に申し訳ないと思った。この局面で並々ならぬ覚悟を持って改善提案をすべきは竜崎自身ではないか。具体的改善策を提案せず、彼等の信頼を獲得することができる訳がない。

竜崎は、瞬時にある決断をした。定期昇給のストップだ。組合にはその上部団体幹部に「鈴原病院の存続上、給与等で今後大きな決断をすることがある」と事前に了解を得ていた。定期昇給停止で年間約7000万円の固定費削減になる。同時に鈴原が愛人のために肝いりで進めていた介護事業「ひかり」の撤収、および、着工寸前の新規介護事業「サービス付き高齢者住宅」をストップ、鈴原が別の愛人のために病院敷地内で経営していた赤字垂れ流しの喫茶「いこい」を閉鎖すると、それだけで合計すると年間約7億の改善が見込める。

華村グループの再生融資を実現するための大幅経費削減案を竜崎自ら提案、実行するのが先決だと考えたのである。

竜崎は矢継ぎ早に財務改善を加速する提案書をまとめ、その日の夜に田畑に報告した。

「待っていました。よくぞ決断いただきました。しかも即、対処いただいたことへの評価は非常に高いと思います。関係各位にすぐ報告します」

再生融資へ向け止まっていた歯車が再び動き始めた。華村連合が息を吹き返す。田畑の対応が竜崎の瞬発力に火を付けた。具体的財務状況改善へ努力する姿勢こそが援軍の士気を高める。そうすることが竜崎の使命であったのだ。

## 6

7月6日、定例ではない臨時BMが急遽開催された。みつあい銀行から主要メンバー（皆励会・関係金融機関・弁護士・公認会計士）に招集がかかる。場所は柿谷弁護士の事務所だ。いつものメンバーに加え、今まで姿を見せていなかった人物が参加していた。

2月末の融資ストップを皮切りにM&A実行へ向け、すべての指揮・命令を下してきたみつあい銀行本部審査部事業再生支援室部長の奥原だ。今まで、裏から子飼いの駒を動かしシナリオ遂行へ導いてきたボスキャラだ。猫背で銀縁眼鏡、そこから見える鋭い視線は、いかにも「影の元締め」を彷彿《ほうふつ》とさせる。奥原が会場に入ってくると、ざわついていた会場が静まり返った。竜崎と丸山が知らないだけで、関係者の間ではその存在は周知されているようだ。

最初に鈴原病院の地域における医療・看護・介護の貢献度を記した資料が配布された。どこで調べたのか、ＤＰＣ（医療費の定額支払い制度に使われる診断群分類包括評価）データを参考にしたのであろう。よくできているＡ４用紙47、８枚にまとめられたカラーのレジュメだ。入院・外来・健康管理・在宅など多角的に評価されている。指標のほとんどが地域№１の高い数値だ。新築後、急性期病院として確かな貢献を果たしていることが一目瞭然である。

この資料がなぜこの局面で金融関係者に配られたのか。

再生支援を意図するものならば、最も経営危機が想定された時点での合同説明会等で配布されるべき資料であるはずだ。

会議の後半、資料配布の主旨が明確になった。それまで静観していた奥原が沈黙を破った。締めの挨拶だ。

「今後、手元資料にある鈴原病院の売却価値を毀損するような対応を一切認めない。無いとは思うが、そのような対処が想定された場合は、すべて奥原に事前報告するように。この案件は私の責任案件だ。不都合・不手際は許さない。改めてそこのところを十分承知おきいただきたい」

これを言うためにこいつは表に顔を出した。今までの経過が「生温い」と判断し、緊急招集をしたのだ。

2月末の突然の理不尽な融資ストップから約4カ月半が経過していた。その間、BMや弁護士・公認会計士との個別打ち合わせを何度も行ってきた。強制的財務DDも執行された。この日の会議で突如登場した真打ち奥原の出現と、最終通告を意味するM&A宣言。いよいよ佳境なのか。

奥原が締めた後、会議は即散会となった。直後、坂上信用金庫本部部長・谷田から、竜崎と丸山は呼び止められた。みつあい銀行とベクトルをともにし、鈴原病院をいたぶってきた金融機関の担当者だ。場所は喫煙所。下品極まりない三流ブローカーのような男だ。訳も無くにやついている。

「煙草一本ええですか」

谷田は煙草に火をつけながら、

「しかしええようにやられましたなあ。M&Aもええですけど、金融機関の支援で何とか自主再生の道でいけないもんですかね。すべてみつあいさんの判断ですけど。すんまへんな。もう一本ええですか」

こいつの発言が経過のすべてを象徴している。メインバンク司令官からM&Aという結論が明確に宣言された直後、結論ありきのタイミングでいかにも債務者に寄り添い、あたかも同情するような歯が浮くような言葉を投げかける。みつあい銀行の鈴原病院への対応は坂上信用金庫としては決して本意ではなかったように振る舞う。同時にメインバンクの策略ともいえる罠に否応なしに嵌《は》められたと鈴原病院の事実を、ある意味業界に精通した見地から「よくある話」としてうそぶく。まるで他人事のような発言だ。何が「ええようにやられましたな」だ。それを知っていながらなぜメインバンクに対し正攻法で鈴原病院の救済策を提言しなかったのだ。何度もその機会があったはずなのに。お前に良心の欠片があるなら、クライアントの窮状を知りつつメインバンクに追随し盲従する訳がない。

谷田の発言を、竜崎は意図的に無視した。谷田は優越的立場に浸り、下劣な一人芝居を演じたに過ぎない。二本目の煙草を吸い終わった後、「失礼します」と吐き気を堪えて竜崎は帰路についた。

## 7

7月に入り華村連合の動きが活発になってきた。6月20日に竜崎から華村リースの田畑へ今後の経営改善への具体的提案書が出され、定期昇給、介護事業「ひかり」の撤収および着工寸前の新規介護事業「サービス付高齢者住宅」をストップ、喫茶店「いこい」の閉鎖が直ちに日本金融支援銀行および華村ケアマネジメントに共有された。これにより、年間約7億7000万円の経費削減となる。それは希望的観測に基づく場当たり的なものでなく、実現可能なものとして高い評価を得た。

これが、経営改善への「鈴原病院の覚悟」、いや竜崎の覚悟として華村連合に伝わったのだ。

7月中旬にメザニン実行部隊（日本金融支援銀行・華村リース・華村ケアマネジメント）三社の各担当者が、合同調査と称し、鈴原病院を訪れた。

期間は約1週間。

財務改善への数字的根拠と同時に、各所属（医局・看護部等）の責任者面談を執行し、経営参画の共有度を確認する。さらに理事長代行の経営意識の方向性が現場に浸透しているか否かを見ることが目的だ。

日本金融支援銀行は政府系金融機関だ。中小医療病院などが簡単に接点を持てない巨大バンクである。担当は三村調査役。若く、イケメンで、見るからにエリート銀行マンである。謙虚で温厚だが、決断力もあり、知性溢れる青年であった。

まず医局トップとの面談が始まる。法人の院長・谷古田だ。ダークな部分が一切ない、坊ちゃんタイプの温厚で人柄のよい医師である。

鈴原病院の医局が腐っていた頃、緒方の老獪な画策により優秀な医師が次々と退職した。残ったのが大学病院の紹介で入職した谷古田であった。緒方は意に沿わない邪魔な医師として谷古田を追い出そうと画策していたが、竜崎がそれを阻み、緒方を退職に追い込んだ。いわば谷古田にとって竜崎は恩人である。以来、お互いに信頼関係を築いてきた。谷古田の面談は完璧に終わった。

「理事長代行とは一枚岩です」

これが谷古田の最後の回答であった。


面談は、鈴原病院に勤務する医師たちにも実施された。

各所属医師の「スキル・モラル、経営参画意識」がそれぞれ高く評価される。

次に看護部面談が続く。看護部は、鈴原の下品極まりない「愛人優先、理不尽人事」を竜崎がすべて払拭してきた。入職当時、竜崎は現場に巣食う「ヤカラ共」から彼女たちを身体を張って守ってきた。鈴原病院で孤軍奮闘努力してきた竜崎の背中を、善意の看護部はリアルタイムですべて見てきたのである。そんな看護部が頼りにしている人物がいる。看護師としてキャリアをスタートさせたが、自ら医師として医療に携わりたいと医師に転身した女医・菊川澄子だ。頭脳明晰で優秀な上、人望もある彼女は、看護部の誰もが何かあれば彼女に相談してきた人物である。本来であれば看護部の面談に女医の菊川が出てくることはおかしな話だが、看護部の総意で菊川が面談を受けることになった。忖度がはびこる環境下、医局と看護部の間で、本来であれば板挟みとなり、身動きが取れなくなるであろう立ち位置にいて、菊川は常に正しい道を示し、皆を導く。彼女が導き出す判断は、誰も傷つけることなく、皆を納得させる。医師としての向上心もさることながら、後進への心配り、また看護師の教育にも熱心で、優秀な看護師を育てている実績もある。ここ鈴原病院で、彼女は医師でありながら実質看護部のリーダーを担っていた。在宅部門の強化と医療・介護連携を目指していた竜崎の方針を全面的に支持し、数々の過去の実績も含め、看護部発展、質的向上への功労者である竜崎に対し絶対的信頼があった。

在宅部門は、ともすると目の前のことに追われ、看護部スタッフは疲弊とストレスを抱え、患者も不満を抱える状態だったが、菊川が陣頭指揮を執り、在宅部門を「在宅総合支援センター」として「医療・看護・介護・歯科」を統合した。看護部スタッフが常にすべての状況を把握し、情報技術を駆使した連携を取ることで、総合支援センターは多くの機能を有して動けるようになった。結果、在宅部門は鈴原病院を代表する一大事業へと成長を遂げたのだった。

面談においても菊川は的確に対応した。

「理事長代行がいなくなれば、この病院は終わりです」

これが面談での菊川の最後の回答であった。彼女はその後、鈴原病院の副院長職に昇格を果たす。

融資ストップから約5カ月、みつあい銀行らによるM&Aに対し、華村連合による経営再建へのメザニンが一歩先に進み始めた。華村ケアマネジメント社長の山田は、再生資金注入に向けて、仕上げにかかっていた。山田は、これまでにも全国の医療法人を数多救ってきた。机上の改善計画書は大事であるが、それを実行する経営者の資質こそが融資決定の大きなカギであることをこれまでの経験から確信していた。

7月29日、山田は竜崎と面談した。「統率力・求心力・指導力・人望・危機管理能力・有事回避判断能力・対外交渉力」すべてを満たし、指揮者たる能力を備えているか。短い面談時間で竜崎があらゆる面で相応と判断し、山田と竜崎は意気投合した。お互いを理解・尊重したのである。

華村連合による鈴原病院の面談は終了し、関係各社は東京へ戻ると具体的なメザニン実行の詰め作業に入っていった。

予定通りいけば8月1日にはメザニン注入決定になるはずである。再生資金総額11億5000万円が注入され、鈴原病院はM&Aを免れ、新たな出発を迎えることになる。だが予想もしないことが起こった。華村リースが担当した2億円分の資金、最終決済が役員会で却下されたのだ。9億5000万円が承認されたものの、残りの2億円がショートしたのだ。

田畑が血相を変えて竜崎を訪ねてきた。

「申し訳ありません。詰めが甘くみっともないことになり、多大なご迷惑をおかけし、本当に申し訳ございません」

「顔を上げて下さい。劣悪な状況下でここまでご尽力いただき、感謝しかありません」

「しかし2億円足りないことで、決まった9億5000万円が無駄になる可能性があります」

「いえ、まだ終わった訳ではありません。田畑さんにお願いがあります。何とかあと2億円の調達へ向けお力をいただきたいのです。あなたには感謝しかありません。どうぞ宜しくお願いいたします」

「理事長代行は我々のことを一切責めないのですか」

「何度も申し上げますが、皆さまには感謝しかありません」

それを聞き、田畑は踵を返しすぐに東京へ戻った。その後約1カ月、メザニンのショート分2億円の追加融資決定へ向け、華村リースの田畑は全力で動いた。だが簡単にはいかない。焦燥感が漂った。


メザニンの進捗動向は、柿谷弁護士からみつあい銀行の奥原に伝わった。奥原は耳を疑った。メインバンクの協力なくしてメザニンなど成立するものか。2億円ショートしたというが、まさか華村グループがここまで対抗してくるとは……。M&Aを急がねばならない。

8月23日、公認会計士・猿屋が突然鈴原病院を訪れ、抜き打ちで査察を行った。このとき、鈴原病院では、看護部の人員配置基準を7：1から10：1へ移行準備を進めていた。人件費と収益のバランス上、人員配置基準は10：1が得策であるからだ。奥原はその動きに牽制をかけたかったのである。人員配置基準を10：1にすれば、鈴原病院の価値を毀損することになるからだ。

猿屋が抜き打ちで鈴原病院の査察を行っている頃、竜崎と丸山は弁護士・柿谷から事務所へ来るように招集されていた。

奥原から華村連合によるメザニン進捗の確認を要請されていたようだ。

「メザニン不足分の調整は進んでいますか」

「難航しています」

「そうですか」

柿谷はほっとした表情を見せる。

「ただ、今2億を9億5000万に上乗せする方向で、華村グループが必死で調整努力しています」

「それができるなら最初から苦労しないでしょう。諦めたらどうですか。楽になりましょうよ、竜崎さん」

柿谷はそう言いながら華村ケアマネジメントの蒔田へ電話する。

「その後どうですか。ショートの2億円。厳しいでしょう」

蒔田は明確な回答を避け、この週末に日本金融支援銀行、華村リースとの三社合同審査会議があるとだけ話したようだ。華村連合に対し最初からメザニン成立があり得ないと判断していた柿谷は蒔田に
「審査会の結果は私には結構です。鈴原病院に直接連絡を入れてください」

と伝えた。

どうせ無駄な審査会議だ。この病院に11億5000万円が注入されるわけがないのだから。

華村連合の合同審査会の前日である8月25日、華村ケアマネジメントの蒔田が突然、鈴原病院を訪れた。竜崎は丸山に任せて同席しないつもりでいた。審査前日でも2億円上乗せの具体的進展は期待できなかったからだ。しかし挨拶もしないのは東京からわざわざ訪ねてきた蒔田に失礼だと思い直し、途中から参席することにした。その時、蒔田は丸山との話がすでに終わ

り、帰り支度をしていた。

「理事長代行、お邪魔しています」

「遠路、何度もすみません」

「いえ、こちらこそ詰めが甘くて申し訳ありません」

「明日の最終審査がどうなろうと覚悟しています」

竜崎はドアを開け、廊下に出ようとしている蒔田の背中に向けてそう告げた。

すると、蒔田は開けたドアノブを持ったまま、立ち止まった。

「……口止めされているのですが」

蒔田は背中を向けたまま、小さな声で、しかししっかりとした口調で言葉を区切った。

「何でしょうか」

竜崎が訝しみ、先を促すと、蒔田は笑みを浮かべながら竜崎に向かって告げた。

「実は、絶対言うなと言われていたのですが、理事長代行には申し上げておきます」

「そこまでおっしゃるなら最後まで聞かせてください」

「華村リースでは明日の審査前に担当役員に稟議申請が行われ、2億円の上乗せについて本日承認されたとのことです」

「吉報じゃないですか」

蒔田もまったく人が悪い――。竜崎は一瞬そう思ったが、言ってはいけない事情があるのだろう、と思い返した。

「明日は日本金融支援銀行の審査結果を待つだけです」

これで華村ケアマネジメントと華村リース、二社がゴーサインを出した。

「いても立ってもいられずきちゃいました」

照れ臭そうにそう言うと、蒔田は鈴原病院を後にした。


8月26日、日本金融支援銀行の最終審査日を迎えた。昨日の蒔田の報告が事実であれば、日本金融支援銀行も多数決で2億円上乗せを承認する可能性が高い。最終審査は11時からと聞いていた。11時を過ぎ、もうじき12時になるところだが連絡がない。

「どうなっているのでしょうか、遅すぎます」

丸山が落ち着かない様子で竜崎のところへやって来た。

「大きな組織の会合だ。鈴原病院だけでなくほかの案件も複数あるはずだ。簡単には終わらないよ。結果は昼過ぎだと思うよ」

12時10分を過ぎた頃、丸山に電話が入る。

「そうですか、ありがとうございます。今後とも宜しくお願い申し上げます」

電話を切った丸山は
「理事長代行、日本金融支援銀行も賛同され、今、全会一致でメザニンが承認されたとのことです。電話口で蒔田さんも大変興奮されていました」

丸山の声が上擦っている。

「良かったね。苦労したけど」

なぜかそれ以上言葉が出てこない。

竜崎と丸山は固く握手した。悲願が成就した瞬間であった。丸山の目にはうっすら涙が滲んでいた。

あの極悪卑劣なみつあい連合に勝ったのだ。

ここからが再建への新たなスタートだ。

華村連合への感謝は計り知れない。

立場は変わった。きっちり恩返しだ。

その日の午後、竜崎は丸山とともに、柿谷弁護士事務所へ向かった。事務所に着き応接室に案内される。

柿谷は部屋に入るなり

「いやあ、メザニン決まったそうですね。良かった。私も安心しました」

絶対不可能だと最後まで鈴原病院を見下してきた男がどの面下げて言う。

みつあい銀行の紹介で中立を装いながら奥原の手先としてM＆A一択で誘導してきたではないか。その張本人ともいえる弁護士の開口一番のセリフがこれか。呆れ果てる。

「各金融機関の調整をしていただき、お蔭さまでメザニン注入が決定いたしました。ご協力ありがとうございました」

冷めた低いトーンで竜崎は意図的に、笑みひとつ見せず報告した。

「いや、いろいろ不愉快な思いもされたでしょう。大したこともできず申し訳ありませんでしたね」

「では、帰ります」

そう竜崎が言い、席を立つ。

「いや、ちょっと待ってください。もう少し待っていただけませんか」

「ご報告に参っただけですので」

今までとは訳が違うぞ。今日から事案判断の優先権は鈴原病院が握っていることを忘れるな。

「間もなく公認会計士の猿屋さんも来るんですよ」

「猿屋さんと会うつもりはありません」

「そうおっしゃらずに。もう着く頃です」

「お会いする意味がありません。いつものようにあなたから彼に宜しく言っていただければ結構です」

「参ったな」

そのとき、猿屋が部屋に飛び込んで来た。

「いやあ、遅くなってすみません。メザニン聞きましたよ。良かったですね。私もそうなると思っていたんです。華村グループがバックですもんね」

歯の浮くような白々しい言葉がよく言えたもんだ。柿谷以上に虫唾が走る。見下げた下衆野郎だ。

「お二人にはいろいろかわいがっていただき感謝しています。では」

竜崎は部屋を出ようと歩きかける。

「ちょっと、待ってください」

「まだ何か」

「ここからが本題なんです。メザニン注入後、財務改善の強化が必須ですよね。それを見越し、経営改善の可能性が見込めたからこそ、メザニン融資が承認されたはずです」

「はい、その通りです」

「皆励会さんはメザニン注入後の財務改善を実現するために、各金融機関へ実現可能抜本的改善計画、すなわち、実抜計画を提出する義務があります」

竜崎が腰を下ろす。

「そうなんですか」

「それを根拠に今後の経営改善を確実に遂行していくことになります。そこでこの実抜計画を猿屋公認会計士に作成させていただきたいのです」

転んでもただでは起きぬ奴らだ。メザニン融資が決定し状況が変わった直後にすぐさま次の画策を目論む。

華村グループには今後の有効な経営改善策についてアクションプランとしてすべて報告してきた。当然、M&A主導のみつあい連合はその詳細を知り得る筈がない。だが、こいつらは鈴原病院の財務ＤＤを執行した過去がある。財務実態はすべて認識しているはずだ。ほかの業者に実抜を作成させるのは二度手間になる。内情を熟知しているこいつらに任せて無駄な時間を省いてみるか。

「そうですか。では依頼させていただきます」

「ご依頼いただき感謝します。さっそく猿屋公認会計士に実抜作成を担当してもらいましょう」

「ありがとうございます。鈴原病院の実態に沿って十分達成可能な計画を作成します。宜しくお願いいたします」

手の平を返した柿谷、猿屋との面談を終えた。外に出るとすでに暗く、7時になろうとしていた。

長い一日が終わろうとしている。竜崎と丸山は自然に蕎麦屋「いっぷく」に足を向けた。一番厳しい状況下にあった6月頃、二人が偶然立ち寄った店だ。おばあちゃんと娘、娘の旦那さんがやっている老舗だ。ここで酒を飲み蕎麦を食べ、親子の温かい接遇に触れ、何度も苦しさを癒してもらった。暖簾をくぐり、いつもの席に座った。

「熱燗と、お蕎麦……ですよね」

娘が声をかける。

「お願いします」

今日は飲みたい。

「丸ちゃん、乾杯」

「理事長代行に付いてきて本当に良かったです」

二人はこの半年間を静かに振り返った。激烈過ぎた。今でも実感が湧かない。こういう時は不思議にはしゃげないものだ。

「駅まで行くのにバスによく乗ったじゃない」

「そうですね。よくバスで通いましたよね」

「途中、夕方のバスの車窓から、小さな子どもを連れて買い物から帰る、若いお母さんの風景がふと目に入ってさ」

「ああ、私もあの通りは子供連れのママをよく見かけますよ」

「普段の生活を当たり前のように生きている。それだけで羨ましくなったもんだ。俺たちは明日をも知れない暗闇の中で、死にかけながら生きていた。夢も希望もなく、ただもがいていた。幸せそうな風景をどれほど妬ましく思ったか。今でも鮮明に思い出すよ」

「同感です。余りにも背負う物が大き過ぎて、私などは、世の中から完全に孤立を余儀なくされた痛ましさで、何度も圧し潰されそうになりました。そんなときでも理事長代行は弱みひとつ見せずに一貫して筋を通された。私には到底できません」

「いいや、丸ちゃんが一緒だったからここまでこられたんだ。感謝しています」

「理事長代行が華村商事に病院新築を依頼したからこそ今があります。実は私、理事長代行が華村商事に新築を依頼したとき、大丈夫かなと心配していたんです。ドラマや映画の見過ぎなのかもしれませんが、華村商事のような巨大企業のほうが裏でリベートのようなことが行われている印象があったからです。でもそうではなかった。本当によかった」

こんな風に丸山が自分の心の内を語ることはこれまでなかった。丸山もメザニンが決まってほっとしたのだろう。竜崎は丸山の話を聞きながら微笑んだ。

「丸ちゃん、ありがとう。今回のことは今後のために覚えておくといいと思う。以前、鈴原理事長の紹介で、室伏というブローカーを連れて来たことがあっただろう」

「ありましたね。彼は総工費36億と言ってました」

「そうなんだよ。華村商事のほうがはるかに低価格だった。実はその頃、隣町の神戸第一総合病院が新築するというんで、話を聞きに行ったんだ。そこは地元の山磯建設に依頼したらしい。総工費は50億と言っていた」

「それはまたすごい金額ですね」

「つまりね、丸ちゃん、華村商事のような大企業のほうが何か問題があったときのダメージが大きいから、リベートのようなことはしないいんだよ。逆に中小企業のほうが目先の金に囚われて、裏鉄が動いたり、キックバックで関係者が潤うような危険を冒す。これが節理なんだよ。利権を貪る連中はどこにでもいるからね」

「そうなんですね。勉強不足でした」

「だから大きな資金が絡む事案には信頼できるパートナーが必須だったんだ。彼らは、汚職を生むようなことは決してしない。自分と自分が所属する組織に誇りを持っているから。『社会的信頼こそが、すべての源流である』。何の疑いもなく、それを信念としている。恥ずべき行為は決してしない。コンプライアンスこそが、職責を支える根幹にあるんだ」

「だから彼らと組んだんですね」

「目的は理想的な新病院を創造することにあったからね。それを姑息に利用し、私腹を肥やすようなヤカラを断固拒絶したかったんだ。寄生虫たちは、病院新築が手段で目的が背信的な金の享受だからね。地域の信頼を失わないためにも、こうした連中から隔絶された存在として確固たる信義の下、目的を全うしたかったんだ」

「そうした風土醸成のためにも彼らとタッグが組めて光栄でした」

この日はこんなふうに丸山と心の内を語り合った。こうして価値観を共有できる相棒がいることに竜崎は感謝した。


だが、メザニン決定はゴールではない。経営活性化へのスタートだ。分かっている。しかしこの日だけは腹心である丸山と飲みたかった。ここからは、明日なき闘いから、希望ある明日を創る闘いになる。こんな経験は二度としたくない。

逃げることなく、正面から真っ向勝負してきた。自分を支えていたものは大切な職員、愛する家族、援護してくれた関係業者、支援を約束してくれた華村系金融機関、「患者起点・利用者起点」に根差した医療、看護、介護による地域貢献のさらなる拡充と継続への思いがいつも後押ししてくれた。しかしそれらにも増して竜崎を強く突き動かしたものがあった。

みつあい銀行の「理不尽」に対する「義憤」だ。

新築後の経営悪化の責任は竜崎にある。財政悪化の改善にも時間がかかった。連続赤字決算がいかに金融機関への信頼を失墜させるかも十分承知していた。債務超過に至った際の最悪の事態も想定できた。しかし連続して採算が悪化した過程で何もせずに茫然としていた訳ではない。病院内部に染みついた劣悪な風土を一掃し、不可能といわれた新築を成功させた。同時に、半世紀に及ぶ療養病院的体質を、急性期対応病院へと大きくギアチェンジさせたのだ。みつあい銀行は赤字という数字的観点のみで鈴原病院を評価した。赤字に至る詳細な背景とその状況を必死に脱却しようと努力する現場の献身的姿勢と真摯な過程を無視したのだ。

もしメインバンクとしての良心と配慮が少しでもあれば、鈴原病院のすべてを解析する意味で十分な時間を取り、経営陣と相互に情報を共有し、最悪の選択をする前に、何らかの支援手段がとれたはずだ。表面上の数字のみを重視し、債権回収危機を回避することを最優先させ、みつあい銀行自体の「債権者防衛」へと奔走した。分からないわけではない。そうせざるを得ない事案もあるだろう。だが少なくとも鈴原病院へ下した選択は暴挙だ。現に約半年の時間を要したが、メインバンク抜きで、華村連合はメザニン注入という支援を決定したではないか。それが証左だ。一日前の融資約束を反故にし、事前予告なしで突然の支援ストップといった非情な手段を平然と行使する。せめて数カ月前に華村連合と同様の支援がメインバンクありきで模索されていれば、このような事態には至らなかったはずだ。

融資をストップした背景にどのような理由があったのかは、推測の域を出ない。正確な実態は今でも分からないが、意図的に支援を放棄し、倒産寸前まで鈴原病院を放置した可能性が高い。ただ彼等の思惑がどうであれ確実にいえることがある。みつあい銀行側から出てくる担当者は、奥原を筆頭に、そのすべてに金融マンとしてのアカデミックさは微塵もなかった。同時に品格・品性が欠落していた。街の金融屋のほうがまだましかもしれない。銀行の体質がいかに劣悪であるかが容易に推定できた。

残念なことに、メザニン融資が決定したからといって、みつあい銀行を中心とした大成、坂上信用金庫との関係が断ち切れる訳ではない。まだしばらくこの連中との付き合いは嫌でも続くことになる。

悲願を達成した8月27日土曜日、久しぶりに妻と行きつけの寿司屋に向かった。

「長い間、大変だったけど何とか解決したんだ」

「良かったね。今日は思いっきり飲んだら」

「そうだな。これから先もしばらく厳しいと思うけど、よろしくね。心配かけてごめん」

「大丈夫。頑張ってね」

寿司をつまみながら飲み始めた。

「そうだ、丸ちゃんを呼ぼう」

妻も丸山とは顔見知りで歓迎してくれた。

「戦友だもんね」

丸山に電話をすると、快く応じてくれた。30分後、丸山も合流し、3人で乾杯した。激烈な半年間であった。その日はいつものように酒が進まない。食事も少し肴を口にしただけであった。丸山との会話にもはしゃげない。少し疲れを感じ、2時間もしないうちに帰宅した。

「あんまり、元気ないね。丸山さんも気にしていたよ」

「今日は寝る」

「早く休んだら。疲れが相当溜まってるはずだから」

2時間後、トイレに立ちドアを開けた瞬間、意識を失った。言葉が発せない。汗が多量に出る。倒れた大きな音を聞いて妻が飛んで来た。しばらく立てなかった。意識も戻らない。視線が定まらない。汗を拭かれ下着を替えられ、ようやく意識が戻り、立ち上がることができた。体内のバランスが崩れたのであろう。こんな経験は初めてだった。気持ちを強く持って闘ってきたが身体は限界まできていたのだ。緊張の糸が切れた反動であった。

## 8

9月下旬、竜崎は華村ケアマネジメントの山田社長を訪問した。メザニン融資のお礼のためだ。

「このたびは、再生へのご支援をご誘導いただき感謝申し上げます。本当にありがとうございました」

「2億円上乗せの場面では少しひやっとしました。華村リースの詰めと調整が甘かったからですが、結果オーライで本当によかったです。あのとき、田畑さんが理事長代行に謝罪に行ったでしょう」

「ええ、血相変えて謝罪に来られました」

「そのとき、代行は田畑さんを一言も責めなかったそうですね」

「田畑さんはこのメザニンの仕掛け人です。その田畑さんに対して感謝こそあれ、我々が偉そうな言葉を言えるはずがありません」

「そのとき、決意されたそうですよ。この人のために絶対にメザニンを完成し、融資実行を具体化するんだと」

「そうでしたか。そういえば8月26日の合同審査最終決定日の前日に、華村リースは融資承認を単独決定されていました。感謝でいっぱいです」

「以前、理事長代行との面談のときに申し上げたかもしれませんが、我々は机上の羅列された数字の改善策よりも、それを実行する人物を最重視します。あなたなら可能です。今後もさらなる改善へ向け、よろしくお願いいたします」

「こちらこそ、今後ともご指導のほど、よろしくお願いいたします」

「そして次のステップへ進みましょう」

「次のステップというと……メザニンがホップということですね」

「そうです。最終目的はジャンプです。早急にステップの準備に入りましょう」

山田はメザニンがあくまで延命のカンフル剤であることを熟知し、この薬効が切れないうちに次なる活性化へ動きだしていたのだ。

竜崎は山田へのお礼を済ませると、日本金融支援銀行に向かい、三村調査役へ今回の融資への感謝の意を伝えた。すると三村からも「メザニンはスタートにほかなりません」と、華村ケアマネジメントの山田と同じ言葉をもらった。次の闘いに向けての気合いが入った。

11月1日、M&Aへの目論みが外れたみつあい銀行らに対しても、竜崎は挨拶に出向いた。もちろん本意ではない。延命処置がなされても今後の改善が成功すると約束された訳ではない。これからも債権者との付き合いは継続するのだ。やむを得ない。

相手はM&Aの手先として2月に太田原町支店の支店長になった山城だ。これまで竜崎のことを翻弄し続けた男だ。

山城はメザニン融資でM&Aを回避した鈴原病院の管轄を、ちゃっかりと本店第5営業部へ移管していた。本店第5営業部とは、関西の不良債権物件を一手に取り扱う部署で、一般顧客とは線引きされた経営危機に陥ったリスク案件のみを専門に扱う。

鈴原病院は、メザニンで延命されたかもしれないが、病院の先行きは不透明だ。こんな不良物件債権者を一支店で担当する訳にはいかない。あとは竜崎にこのことを伝えれば、鈴原病院案件の自分の役目は終わる。そう考えたのだ。

だが、山城は以前から竜崎に底知れぬ恐怖を感じていた。精神が破裂してもおかしくないような修羅場が何度かあったにもかかわらず、竜崎はいつも平然と切り抜けてくる。竜崎が取り乱したり、感情的になった姿を見たこともない。こんな男にこれまで会ったことがなかった。

山城は、鈴原病院を本店第5営業部へ移管したことを、竜崎に話したらどんなリアクションをするのかまったく読めず、不安でならなかった。竜崎からすれば、いままで嫌というほど痛めつけられた経緯がある。

しかし竜崎は、山城のそんな心の内など知らず、今回のメザニン融資に係る挨拶を済ませた。すると突然、山城は異様な行動を取った。末席に座っていた部下の成田を呼びつけ山城と竜崎の間に座るように指示したのだ。こうすることで、竜崎が何かの拍子に暴れ出しても、成田がいれば、直接自分に被害が及ぶことはないと思ったようだった。当の成田は、キョトンとした様子だ。竜崎に同行していた丸山は、この一連の出来事がまったく理解できずにいた。だが竜崎はこれから山城が鈴原病院を侮辱するコメントを口にするであろうことがわかった。

成田の不自然な席の移動は、竜崎のリアクションを阻止・防衛するためのものだ。2月末に突然、竜崎を呼び出し、死刑宣告をしたときと同じだ。山城という男はあのときから何も変わっていない。竜崎はいつまでも自分にビビっている山城の姿に笑い出したくなるのを堪えた。

山城は声を上擦らせながら、鈴原病院を本店第5営業部へ移管したこと竜崎に伝えた。竜崎は平然とそれを受け止め同意し、何事もなかったようにその場を退室しようと腰を上げた。すると肩の荷が下り拍子抜けしたのか、山城は急に上機嫌になり、竜崎を呼び止め、成田にVIP専用の無料駐車チケットを竜崎に渡すよう指示した。竜崎はその申し出を丁重に断り、丸山とともに退室した。

その日の午後、竜崎は丸山と一緒に大成銀行へ出向いた。みつあい銀行とつるんで鈴原病院をいたぶってきた銀行だ。支店長が不在だったため、竜崎は課長の木下に丁重に挨拶をし、丸山に現状報告をしてもらう。こちらは失礼なきよう終始しているにもかかわらず、木下は足を組み、丸山の話を聞きながらひとさし指で机を叩き、座っている応接室のソファーにふんぞり返り、隠すでもなく大きな欠伸をする。丸山の進捗報告が終わると

「それで、いつから収支改善するんですかね。黒字になるのはいつの時点かですよ」

木下の無礼な対応に、丸山の表情が硬直し赤くなる。

竜崎は横目に丸山を気遣いながら

「おっしゃる通りです。木下さんとおっしゃいましたね」

机上の名刺をわざと目の前に持ち換えしげしげと確認する。

「あなたの御指導、主旨はともかく大変参考になりました。優秀な課長さんがいて羨ましい限りだ。貴行もますます発展するでしょうね。あなたが今、目の前で執った言動そのままずばり、次回のバンクミーティングですべて詳細に開示いたしましょう。本日はありがとうござい

ました。貴重なお時間をいただき心から感謝申し上げます」
木下が口を開け恐れおののいた様子を右目に見ながら、竜崎は丸山とともにゆっくりと退室した。

8月26日に鈴原病院の実現可能抜本的改善計画（実抜）を請け負うことになった猿屋公認会計士とその部下たちは、病院経営に精通した公認会計士ではなかった。経営が悪化した事業者を銀行とつるんでM＆Aへ誘導するのが専門だったようだ。鈴原病院の実抜作成に取り掛かったものの遅々として進まず、収益増・経費減にインパクトある対策が構築できない。
2カ月余り、見るに堪えない低レベルな模索が続く。このままではいつまで経っても実抜を完成させることは無理だろう。11月中旬、不本意ではあったが、メザニン融資を実現するために竜崎が華村ケアマネジメントに提言し実効性を承認された改善策を猿屋に提供した。
それは左記のような内容だ。
駐車場にタイムズ24を導入
室料差額のワンコインアップ
不採算事業の閉鎖・撤収（鈴原診療所・喫茶「いこい」・介護事業「ひかり」）

開設予定サービス付き高齢者向け住宅の撤退
在宅部門の拡充（バリアフリー別棟有効活用）
健診における人間ドックへの付加価値シフト
低稼働の病床をフル稼働し満床へ
病床稼働率１００％以上維持
すべてを連中に開示し指導した。主客転倒である。

11月28日、メザニン実行後初めてのバンクミーティングが鈴原病院の会議室で開催された。M＆A誘導時のメンバー（みつあい銀行・大成銀行・坂上信用金庫・柿谷弁護士・猿屋公認会計士）に加え、新たなメンバーが臨席する。メザニン注入を実行した華村リース、日本金融支援銀行、華村ケアマネジメントである。
丸山から実績・資金繰り・損益決算書の説明、報告がある。質問、異議なし。意に反して静かに経過し無事に終了する。単月はまだ赤字、黒字化へはまだ時間を要する。

12月19日、猿屋公認会計士からようやく仕上がった実現可能抜本的改善計画が提出された。期待はまったくしていなかった。想定通り竜崎のアクションプランを切り貼りした内容であった。オリジナルな提案は何一つない。そのままごみ箱へ捨ててもいい代物だ。これが猿屋公認会計士の実態だ。後日、この費用が鈴原病院に請求されると、そこには驚くべき金額が記されていた。

12月21日、メザニン注入後の第2回目の定例BMが開催された。猿屋公認会計士から提出された実抜について、大成銀行から質問があった。みつあい連合側はこの内容に不満足のようだ。

「すでに竜崎のアクションプランが華村ケアマネジメントから提出されていると思います。この案は6月に作成されたものです。今回新たに提出された猿屋公認会計士の実抜はその内容とほとんど変わりありません。よってこの実抜はあくまで参考程度にさせていただきたい」

全会一致した。

実抜作成を画策した弁護士柿谷と張本人の猿屋はなんとこのBMを欠席している。

その後、丸山から通常定例報告がなされた。残念ながらまだ単月赤字だ。「早期単月黒字に向けて全力で取り組みます」竜崎はそう最後に発言した。

# 9

12月下旬、竜崎は鈴原から面談室に呼ばれた。約束はない。得意の不意打ちだ。妻のれいに長男の猛もいる。三人一緒に何の用だ。これまでこの三人が集まった状況で竜崎単独の面談は経験がなかった。何か匂う。

息つく暇もなく経営改善を目指して奔走している真っ最中に、この連中の下らない話に費やす時間は正直ない。そう思いながら竜崎は面談室のドアを開けた。

真ん中に鈴原、右にれい、左に猛が座っている。

腰をかけ正対した。世間話をするでもなく、いきなり鈴原が切り出した。

「竜崎君、君が理事長をやってくれ」

青天の霹靂である。

「俺に代わって理事長になってもらいたい」

一拍置いて答えた。

「いえ、唐突に困ります。そのような重要なことをこの場で即答はできません」

竜崎が言い終わらないうちに、

「ここで即答して貰いたい」と鈴原。

「いえ、ですから」

竜崎の言葉を遮り、れいが話しだす。

「あなたしかいないでしょう。受けて下さい」

竜崎は重ねて言った。

「少し考える時間をいただきたい」

「主人はこの場で答えが欲しいらしいのよ」

そう言いながられいは鈴原に目配せをする。打診でなく強要だ。通常、企業のトップ継承の場面は崇高で神聖なものだ。その雰囲気は微塵も感じられない。何か裏がある。

理事長は医療法・定款により金融機関借入金の保証人になる責務がある。鈴原はすべての連帯債務保証人であった。万一の時は返済責任を一身に背負う。それは、医療法人にあって最高責任者である理事長職の義務でもある。理事会等でも経営状況はその都度報告している。ここ数年の経営悪化は奴らも敏感に感じ取っていた。鈴原は1年前に不本意ながら個人預金1億円も担保にとられた。むろん金融機関交渉はすべて竜崎に丸投げし、裏で様子をうかがっていたに違いない。

「このままだと危ない。倒産責任を問われ借金の返済を一身に背負うことになる。早めに竜崎へ責任転嫁し、あいつにすべて負わせるべきだ。時間がない。急げ。早くしないとやばいぞ」

鈴原の取り巻き連中がそんなことを鈴原に吹き込んだのだろう。

あとは家族総意で示し合わせ、竜崎へ有無を言わさず理事長職を押し付けるタイミングを見計らっていたに違いない。

一瞬、話が途絶えた。

竜崎は冷静に目の前の鈴原一家を見据えた。するとそれまで黙っていた猛が口火を切った。

「竜崎さんしかおらへんやん。受けたってえな」

こいつの軽佻浮薄な言い方が竜崎の心の隅に燃える「侠気」に火をつけた。すべて承知の上でこの場は受けて立ってやろうじゃないか。

「そうですか。お受けいたします。理事長拝命します」

すかさず猛が言う。

「それとな。おやじは引き続き会長ということにしてもらうで。そのことも承知してな」

「わかりました。法人内人事として来月から周知します」

三人はしてやったりという安堵感を漂わせ、ほくそ笑む。

善意の職員と地域住民のため理事長職を受けてやる。そして必ず健全な財務状況に仕上げ、正攻法で巻き返し、お前らをこの鈴原病院から放逐してやる。覚悟しておけよ。

こうして竜崎は、医療法人皆励会の理事長代行から四代目理事長となった。


年が明けた1月16日、竜崎と丸山は、年始の挨拶と理事長交代の報告をするために、みつあい銀行本店第5営業部を訪ねた。1月1日付での内部人事（兵庫県承認の正式交代は数カ月先）ではあるが、理事長交代で竜崎が引き受けることになった旨を報告する。

「笑止ですね。こんな状況で、理事長職を引き受けた。火中の栗を拾う、とはこのことだ。私なら絶対引き受けませんよ。こりゃまいった」

みつあい銀行第5営業部長の田丸は失笑しながら竜崎に言う。

竜崎は聞き流し、現状報告を続け、早々に退散した。


2月15日、メザニン注入後3回目のBMが開催された。いつものように丸山から定例報告がなされる。この日、竜崎がアクションプランに掲げた「稼働率100%」の進捗が説明された。

「現状はまだ単月赤字ではありますが、稼働率100%のオペレーションが徐々に浸透し成果を出し始めています。1月度は97%を超え、今月2月に至っては100%台で推移していきます」

この報告を遮るように大成銀行本店融資審査部室長の牛嶋が苛立った口調で言い放った。

「細かい説明はいい。いったいいつになったら、黒字になるんや」

この発言は、以前、大成銀行へ挨拶に出向いた時の木下の発言そのものだった。黒字化へ鈴原病院が一丸となって努力し、あと僅かで水面上に顔を出せる。そうした改善姿勢などはどうでもいいのだ。あくまで単月決算の数字がすべてというスタンスだ。その気持ちがわからぬ訳では無い。金融機関は甘くない、常にそういうものだ。債務者竜崎に対し、牛嶋はドヤ顔でこれ見よがしに鉛筆を机上に放り投げ、両手を後頭部に回し、後ろに反り返る。

このBMには黒字化達成の可能性を信じる華村連合と、黒字化不可能と否定するみつあい連合が同席している。呉越同舟だ。赤字状態の状況下ではどうしてもみつあい連合が幅を利かせることになる。それでも華村連合は常に冷静であった。牛嶋の発言後、日本金融支援銀行の三村調査役が会場全体に響く声で一喝した。

「状況報告は詳細で、ベクトルを現場が共有していることがよく理解できます。現場の動向と実体が前向きなのが把握できます。結論はただ一つです。我々は鈴原病院の方向性を信じ最後まで応援するということです」

会場が静まり返った。みつあい連合の失礼な発言を含め、鈴原病院への横暴な姿勢に対し恫喝した、日本金融支援銀行三村調査役のインパクトは強かった。

竜崎はこの2月からアクションプランにある「不採算事業の整理」に具体的に着手していた。

まずは喫茶「いこい」だ。

新築病院のバリアフリー適用が評価され、敷地内に別棟を増築することができた。その広さ632・57㎡。貴重なエリアだ。しかし鈴原一族の強い意向により、建物の2階主要部分が喫茶店として使用されていた。鈴原が親族に経営させていたが、客はほとんど来ない。不採算による「しわ寄せ」が鈴原病院にきていた。鈴原が人件費や運営費等を鈴原病院に負担させていたためだ。元来医療法で禁じられている事業経営に該当する。ここを閉鎖する方向で根回しに着手した。

次は、元来病院のサテライト的目論みで開設された鈴原診療所だ。ここは、医療法に抵触するため、数年前に竜崎が定款を変更し、管理下に置いたいわくつきのクリニックである。ここに配属した医師は、以前鈴原病院を辞めた緒方の部下で、レベルが低すぎてまったく機能していない。地域の信頼も低く、鈴原病院への貢献は皆無。竜崎はここも閉鎖の方向で動いた。

介護事業「ひかり」は、地主と業者が結託して持ち込んだ事案を、鈴原が引き受けた高齢者向け介護施設で、２００７年に賃貸で運営を開始していた。鈴原はこの施設を愛人に管理させる目的で始めた。杜撰な経営による不採算事業の象徴だ。竜崎はここも撤収する方向で取り組みを開始した。

竜崎は無駄な忖度をなくし、財務活性化へ向けすべて整理する覚悟で事に当たっていた。

3月15日、第5回ＢＭが開催された。２０１６年度は3月で終わる。メザニン注入後、単月黒字を目指し、アクションプランに則り、職員一丸となって指標達成に取り組んできた。いつものように丸山から定例報告（実績・資金繰り・ＰＬの説明）が行われる。2月の稼働率はついに100％を超えた。竜崎が入職してから初の快挙だ。だが残念なことに、2月は「小の月」で日数が短かったため、僅かに黒字計上に届かなかった。しかしこのペースでいけば3月は黒字が達成できる予感がした。

## 10

激動の2016年度を終え、2017年度に入った。4月19日、新年度第1回目のBMが開催される。メザニン注入から半年以上が過ぎていた。単月黒字を目指して頑張ってきたが、2月は赤字という悔しい結果だった。だが前回のBMで黒字化への兆候が見えたと報告していた。丸山からいつものように定例報告がなされる。結論として3月は単月黒字であると判明する。場内がざわついた。

みつあい側は複雑な表情を浮かべている。華村側は安心感からか、ほっとした表情だ。竜崎は感慨無量であった。経営苦戦下のあらゆる苦労が報われた。

アクションプランの指標を達成すべく医局・看護部・コメディカル・事務職・介護職員すべての職種が一致団結した。猿屋公認会計士は実抜で稼働率96％を指標にしていたが、竜崎はそれを100％に訂正。誰もが不可能と思っていた。だが100％の稼働を2月に達成。さらに翌3月も継続して稼働100％を維持したのである。新入院数・在院日数・ベッドコントロール・患者とのコミュニケーション・クリニカルパス（主に入院患者のために作成される綿密な治療計画書）の調整など、あらゆる点を医局を中心に各所属が相乗的に機能向上させなければ、100％以上の稼働率を達成することはできない。2～3％の稼働アップが月間2000万円以上の収益改善に直結するのだ。現場にとっては、やればできるという自信と、100％以上の指標を達成すれば黒字に転化できるという事実を実感でき、目標達成の喜びを体感させた。

だが、みつあい連合は7月の夏季賞与の資金をどうするのか、新たな賞与に限らずすべての新規融資に対して慎重な姿勢を見せていた。というより、新規支援融資は放棄したといっても過言ではない。メザニンが注入され、救急延命応急処置を経た鈴原病院の早期経営回復を否定的に見ていた。一時的にメザニンという想定外の邪魔が入ったが、注入後も経営不振状態は継続し、再度M＆Aへ誘導する場面が遅かれ早かれ来ると確信していたのである。

3月の黒字はあくまで「フロック」ととらえていた。みつあい連合がそういう姿勢であることを華村連合は認識していた。だが7月の賞与資金の援助は、メザニン11億5000万円の融資から日が浅く、確固たる「連続黒字基調」の確認がまだ取れていない。まだまだ厳しい状況にある。だが、賞与が万が一にも支給できないような事態は何が何でも回避せねばならない。鈴原病院を援護する意味で、華村連合はこの時点で、賞与支給へ向けてほかの手段を模索し始めていた。

3月の黒字達成後も気の緩みは許されない。竜崎はさらなる活性化を実行していった。創設当時から組合が強かったこともあり、医療従事者として当然持ち合せているはずの責務が希薄だ。創設以来、「祝日の外来」は救急のみでほかは休んでいた。それが当然であるとの既定路線があった。「従業員起点」が根幹にある。「労働者」的発想だ。病気は平日、休日、祝日を選ばない。竜崎は看護部長に相談した。

「祝日の午前中だけでも、救急以外に一般外来もできないかな」

「できると思います。GWまでに体制を整え準備します」

意外な即答である。看護部が積極的に動いてくれれば話が早い。組織全体に「患者起点」「利用者起点」のスタンスが確実に浸透し始めている。

看護部は約束通り、5月のGWから通常外来診療を午前中のみ実施した。これが想定以上に地域から歓迎される。結果として祝日の有り無しで影響があった月々の収益のアップダウンが平準化され、経営改善へ大きく貢献することになり、5月の医療事業収益は前年比5000万円増の大幅改善を成し遂げた。

5月17日、第2回のBMが開催される。丸山から定例報告がなされた。3月に続き4月も経常利益黒字を達成していた。黒字基調の兆しが確実に見え始めた。4月の医療事業は前年比3000万円の増収であった。夏季賞与はこの時点で華村連合の働きかけにより確保の見込みが立った。

竜崎が2016年12月に鈴原から理事長職を移譲されて半年が過ぎた。鈴原病院の危機を敏感に感じた鈴原と、その取り巻きが仕掛けた陰謀・策略だ。病院の危機回避ではなく鈴原は自身の危機回避を優先し、引退するでもなく会長職にしがみついていた。

責任部分はすべて竜崎に丸投げし、歪んだ名誉的保身を維持した見苦しいだけの存在感を誇示している。竜崎はこれまで風土の汚れた体質改善に奮闘してきたが、鈴原が居座り続ける限り完全に浄化することができなかった。

「代表権がある理事長より名誉職である会長のほうが偉い」

理屈ではあり得ないが、その非常識が暴走している。

6月21日、定例の社員総会が開催された。通常議長は理事長が行うのだが、この日も鈴原が議長席で全体を指揮しているかのように振る舞った。竜崎はその流れを冷静に受け止めていた。

社員総会では2017年1月1日付竜崎理事長就任の件（内部人事）、竜崎作成のアクションプランに沿った事業計画の開示と進捗説明、鈴原診療所の閉鎖、介護施設「ひかり」の運営撤収等々の承認を得た。

鈴原の取り巻きが社員として多く出席していたが、特に異議、質問もなく総会は無事に終了した。

6月28日、第3回BM。

丸山から定例報告とともに、社員総会での議事録内容と、すべて承認されたことが告げられた。5月度も単月経常利益黒字達成だった。旧年度末の3月から3カ月連続での黒字計上である。5月は医療事業部において昨年比6000万円の収益増の達成であった。

その後6月、7月も単月経常利益黒字を達成。これで5カ月連続の黒字計上となった。7月の病床稼働率は101・1%。医療事業での収益は前年比3900万円の増額改善となる。

このタイミングで坂上信用金庫の春山支店長から質問が出た。

「冬の賞与資金はどうするんでっか」

夏は華村連合の配慮で切り抜けた。みつあい連合にしてみれば、5カ月連続の黒字が面白くない。想定外の展開が受け入れられないのだ。だが5カ月連続黒字であっても、冬の賞与資金約2億円は簡単に準備できるはずがない。

みつあい連合の連中は、病院の経営改善を目の当たりにしても、それを認め、評価することができないのだ。春山の質問は、苦境を救いなんとか資金難を打開するための支援を前提としたものではない。だが、この問いに対し、竜崎は明確な回答ができなかった。春山のほくそ笑む顔が目についた。華村連合はこうしたみつあい連合の動向を静観していた。

続く8月度も単月経常利益黒字を達成した。これで6カ月連続で黒字計上。8月の病床稼働率は104・2%。医療事業収益は前年比2700万円増額改善であった。

前回のＢＭと同様、坂上信用金庫の支店長春山が前回と同じ質問をする。

「冬の賞与資金はどうされるんでっか」

６カ月連続黒字への評価は一言もない。竜崎と華村連合の困った顔が見たい、ただそれだけだ。優越感に浸りたいのだ。春山は、「ちょっと黒字が続いたくらいでのぼせ上がるんじゃないぞ」とでも言うように「華村ケアマネジメントさん、何とかなりまへんのか」と言葉を投げかける。

「現時点では模索をしている最中です」

「そんなことじゃ困りますな。冬季賞与は支給難しいんちゃいますか」

春山は勝ち誇った口調で言うと、みつあい連合の連中は談笑を始めた。

９月20日、竜崎が理事長室を出ると、人が一人やっと入れるくらいの給湯コーナーで、放射線科の責任者である副部長の霜月と本部総務部部長の本島が小声で話しているのが目に入った。

「そんなところで何のひそひそ話をしているんだ」

不審に思った竜崎は声をかける。

「いえ、ちょっと管球が故障したので、相談しています」

管球とは、医療機器に用いる真空管のことである。

「そういうことなら、堂々と本部でやればいいだろう」

「はい。申し訳ありません」

霜月は手にした書類を丸めながら無理やり笑顔を作り答える。

「本島、表情が暗いな」

竜崎はそう言うと、霜月が丸めた書類を奪い目を通した。

「故障した管球交換で費用が1200万円かかるとの見積もりが出たんです」

黒字化へ向け現場が一丸となってギリギリの闘いを展開している状況下にあって1200万円の支出がいかに大きなダメージとなるか、管理職である二人は十分理解していた。

「ちょっと待て。俺の記憶が正しければ、つい最近も交換しただろう。早過ぎないか」

竜崎が言うと
「はい。3カ月前も実施しています」

「この交渉は俺が担当する。霜月は当院の過去の交換頻度のデータを用意しろ。本島はうちと同じ心臓カテーテル機器を使用しているほかの病院の状況を確認しろ。業者を使ってもいい」

竜崎は過去製造業に14年間在籍していたことがある。立場上、ディーラーの姑息なやり方を何度も見てきた。今回のケースは何かおかしい。裏がある。竜崎は直感でそう思った。

霜月からの報告によると、この1年で、今回分を含めて2回の交換、2年前にも1回、3年前に1回と、新規で心臓カテーテル機器を購入して今回が4回目の管球交換となる。あり得ない。使用頻度が相当高いところならまだしも、鈴原病院の使用頻度は残念ながら低い。

本島からも報告がきた。

「業者に確認いたしました。近隣の病院がうちと同じ心臓カテーテル機器を使用しており、設置されたのがうちとほぼ同じ時期だということです。そこは管球込みの保守契約を結んでいるそうですが、6年間管球を交換していないとのことです」

「ディーラーをすぐ呼べ。交渉は俺がやる」

竜崎は今まで放射線の現場を尊重し一連の交渉を任せていたことを反省する。現場はCTやMRI、心臓カテーテルの取り扱いのプロだ。コメディカルとしてチーム医療に大きな貢献を果たしている。しかし老獪なディーラーとの交渉をこなすには余りに純朴過ぎた。

「故障です。交換です」

「はい。そうですか」

という感じで何の抵抗もなく受け入れていたのであろう。

管球故障は致命傷だ。循環器の心臓疾病患者に対し、カテーテル治療ができなくなる。それは、救急患者に多大な迷惑をかけ、救える命が救えなくなることを意味する。彼らを責めることはできない。彼らの純粋な立場を利用したディーラーは絶対に許さない。

数日後、竜崎はディーラーと面談した。相手は二人。交渉相手が竜崎であることは事前に知らせておいた。緊張感からか二人とも顔色が悪い。どうやら彼らも、竜崎が武闘派であるという噂を耳にしているようだ。

一人が口火を切った。

「この度は管球交換で多大なご負担をかけ、申し訳ありません。１２００万円のお見積もりを出しておりますが、何とか価格を低減するつもりです」

そう言うと頭を下げた。

「ちょっと確認だが、管球は本当に故障しているのか」

「はい。現場で確認しております」

「9月に入り、上期の売り上げの追い込みであんたらも大変だろう。そうでなくても医療業界は不景気だ。予算達成も苦労するだろう」

「はい、まあ苦戦しています」

「稼ぐのに大変だ。営業は、特に」

「まあ、そうですね」

「そうした中、うちの管球は都合良く故障したもんだ。担当から聞いたが設置して今回が4回目の交換らしいが、間違いないね」

「はい。すみません」

「謝ることはない。管球は心臓カテーテル機器にとって急所だ。故障ならやむを得ない。これも担当から確認したんだが、近くの病院が同じ機器を使っていて6年になるそうだ。保守契約に入っているそうだが、これまで管球交換は1回もない。とのことだ」

ディーラーは無言になる。

「よく堅気が作ってやくざが売る、という表現がある。お前らがそうだとは言わないが、まさかうちを利用して、都合良くお前らの収入の『帳尻合わせ』に使っていないだろうな。そんな事はあり得ないと思うが、この一週間で俺が指示する『エビデンス』を用意してもらう。当病院の過去3回管球を替えた故障内容の詳細と原因、なぜ3回も連続して交換が必要になったか、その説得力ある根拠、それらのすべての書類にメーカーの承認印をもらえ。同時に今回の故障についても過去と同様に精査してもらう。それを見て、納得したら喜んで1200万円支払うつもりだ」

ディーラー二人は口をつぐみ、今にも泣き出しそうな顔をして帰っていった。やましさがなければ堂々としているはずだ。来週の交渉は丸山と本島にやらせよう。

翌週、ディーラーが上司とともにやってきた。

「今回の管球交換は無償で対応させていただきます」

丸山は前回の竜崎の厳しい交渉経過を知っている。おそらく、理事長の交渉で今まで経験したことのない戦慄を覚えたに違いない。1200万円を大幅値引きしてくるか、800万円くらいまで落としてくるかもしれない。いや、うまくいけば半額かも……内心そんなことを思っていた。だが、丸山は予想をはるかに上回る結果に愕然とし、改めて竜崎の瞬発的交渉力と、その影響力の大きさに唖然とした。

竜崎はこの結果報告を聞いても冷静だった。ディーラーたちはエビデンス提出を指示された。過去に遡ってもし不正的根拠が露見すれば3回分の3600万円についても追及される恐れがある。過去の汚点から目を逸らせるために敢えて無償対応という対応に至っただけのことだ。この1200万円の経費節減が後の決算黒字化へ大きな貢献を果たすことを竜崎は知る由もなかった。

9月25日、兵庫県庁より竜崎の理事長就任が正式に認可・承認される。昨年12月の鈴原による理不尽な理事長職強制移譲から9カ月を要した。理事長交代手続きは竜崎が非医師であるため煩雑を極めた。丸山は金融機関交渉の合間に必要書類を作成し、9月初旬に兵庫県に提出していた。内容は完璧で不備なく容易に審査は通った。この日、鈴原病院の定款は変更され、鈴原の名前は消去された。

10月、不採算事業整理の対象であった介護施設「ひかり」が契約期間満了となり継続条件交渉の結果、竜崎の目論見通り、賃料の大幅値引きに対し合意に至らず、契約解除となり、撤収することが確定した。

10月18日、第6回BM。丸山から定例報告で、8月まで6カ月連続で単月黒字を計上してきたが、9月は稼働日数が少なく残念ながら単月赤字であったことが知らされた。赤字の原因が物理的要因ではっきりしているため、原因追及はなかった。不採算事業として撤収した「ひかり」のことも併せて報告される。

坂上信用金庫の支店長春山から2カ月後に迫った冬季賞与の資金確認の質問が出るが、竜崎も華村連合もまだ明確な回答はできなかった。

11月15日、第8回BM。下半期スタート月である10月は単月黒字計上であることが丸山からの定例報告で知らされる。幸先が良い。

この日は、坂上信用金庫の支店長春山から冬の賞与についての質問が出る前に竜崎がそのことについて発言した。

「春山支店長はじめ、関係各位にご心配いただいておりました冬の賞与の資金調達の目途がつきました。超メガバンクのご支援の内諾をいただいております」

発言後、竜崎は意図的に視線を春山に向けた。春山は無言で下を向き真偽を疑っていた。華村連合が集まって談笑する。

「良かったですね」

「ありがとうございます」

みつあい連合は疑いの目でその様子をうかがう。

8月の第5回BMで春山から確認されるまでもなく華村ケアマネジメント社長の山田は冬季賞与資金準備のため、水面下で動いていた。山田は華村商事の出身である。若い頃から優秀で華村グループで山田を知らない者はいない。華村銀行にも顔が広かった。8月のBM後、山田は華村銀行へ出向き、服部支店長を訪ね、鈴原病院に起こった苦難の2年間の経過を詳細に報告し、単刀直入に支援を依頼した。メインバンクみつあい銀行の理不尽な対応も時系列に沿って話した。財務状況についても直近2年間の推移をすべて開示した。資料説明を終えた後、山田は服部に言った。

「日本金融支援銀行も華村リースもこの病院の将来に期待しています。ここの理事長竜崎氏はこの期待を担い、決して裏切らない人物です。貴行の支援参加が実現すればみつあい連合の大きな脅威となります。次のメインバンク候補として是非参入いただきたい」

服部もまた華村グループ内で知らない者はいないエリートであった。端正な顔立ち、身長180㎝、年齢40代後半。身嗜みも上品で頭脳明晰を絵に描いたような紳士である。服部はその場での即答は避けたが、山田の依頼を受けすぐに鈴原病院について独自調査を開始し、その日のうちに関西エリア統括責任者の役員に事前承諾を得たのである。

「服部が前向きに考えるのであれば、思うように話を進めなさい。責任は俺が持つ」

優秀な人材は上司の評価も高く、信頼も厚い。将来を背負う男は上司の決裁をいとも簡単にとる能力にも卓越していた。

12月20日、第9回ＢＭ。丸山から定例報告がなされた。11月もわずかではあるが黒字を継続。下半期2カ月連続で黒字計上だ。このＢＭには、冬の賞与資金支援の立役者である華村銀行の服部支店長も参加していた。服部は、ＢＭ開催前にみつあい連合の関係者と名刺交換を済ませ、予め用意されていた上座に座った。いつもの会場内の澱んだ空気が一気に変わったのがわかった。

服部は会議の最後にこう語った。

「今後、鈴原病院を資金面で支えていくとともに、この会議で、私たちの意見も言わせていただきたいと思います。よろしくお願い申し上げます」

会場は水を打ったように静まる。迫力がある。決して声を荒らげることもない。静かだが、澄んだ声が響いた。

前回のＢＭで竜崎から予告があったとはいえ、華村銀行の登場はみつあい連合にとって青天の霹靂であった。今回のＢＭで、彼等からの発言は一言もなかった。

会議終了後、坂上信用金庫の春山が捨て台詞を残す。

「これは、我々に対するあてつけでっか」

この下品な言葉に彼等の思いが集約されていた。

２０１８年第10回ＢＭが開催される。定例報告で、12月も黒字を達成したことが丸山より告げられる。華村銀行の参加で会議自体のあり方が進化した。的確かつ公正な質問が服部から投げかけられる。竜崎がそれに答える。支援を前提にした元来のＢＭの姿に変貌した。

「祝日外来を含めた外来強化のコストパフォーマンスをどのように評価されていますか」

服部からの、現場努力に焦点を当てた質問だ。現場の改善動向を無視し続けたみつあい連合とはまったく異なり、整合性がある。卑劣な感情論とはかけ離れた「的を射た」質問だ。竜崎が答えようとしたとき、丸山が待っていましたとばかりに答えた。

「お答えいたします。外来部門は入院に比べて日当点が低い傾向（約1万円／1人／月間平均）にあります。外来は人件費等かかるコストも軽量級で入院における病床数などの制限事項もなく、青天井に伸ばせる余地があることを考えると、外来患者増と在宅登録患者増は経営的に有効と見ています。また、外来・在宅が増えると必然的に入院も増えます。相乗効果が出ます。地域のニーズに応えて祝日外来の評判も上々です。5月のGWを皮切りに祝日外来を立ち上げた理事長の狙いはここにあります」

見事な模範解答だ。服部は満足した表情で大きく頷いた。みつあい連合はこのやりとりを呆然と見ているだけであった。

最後に新年の挨拶で竜崎が締めた。

「ご出席の金融機関・投資家の皆さまのご支援がなければ、ここまでくることすらできませんでした。まだまだ改善すべき課題が多くございますが、皆さまのご指導、ご支援を賜りながら取り組んで参る所存です。本年も引き続きご指導ご鞭撻のほど、よろしくお願い申し上げます」

翌月のＢＭでも、黒字基調を継続。華村銀行参席後、意味のない質問・発言はなくなり、会議自体の精度が向上した。来月で２０１７年度が終わる。２０１８年度の事業計画もほぼ仕上がった。

竜崎が掲げたアクションプランの指標を達成できれば、黒字化は可能であることを全職員が共有したのだ。高いハードルを越えたあとは何事もなかったかのように黒字基調を継続維持できた。

3月22日、２０１７年度第11回ＢＭが開催された。定例報告が丸山からなされる。２月は稼働日数が少なく今年度も苦戦を余儀なくされ、残念ながら赤字となった。相変わらずみつあい連合からは何の質問もなかったが、華村グループの服部から貴重な質問を受ける。

「年度を通じて収入は計画より上振れしています。一方損益は計画より下振れ傾向です。今年度1年を振り返っていかがですか」

年度を締める意味で病院への配慮が行き届いた質問である。

「私が目指す目標に対し現場のリアクションが早く、結果収益は伸びました。しかし経費はまだ削減の余地があります。振り返ると、走りながらその過程で月々課題が判明し、その都度その問題点を短期で改善することの繰り返しでした。今後はこの教訓を活かし、さらなる収益増と同時に経費削減が可能なプランを実行して参ります。年度を間もなく終えさせていただきますが、皆さま方のご尽力・ご配慮のおかげです。今年度が是非とも黒字で終えることを目指し、次年度において、さらなる改善・進展していきたいと思います。今後ともご支援のほど、よろしくお願い申し上げます」

4月18日、2018年度第1回BMが開催された。丸山から定例報告がなされる。3月は黒字になり、2017年度は累計黒字達成といえた。正式決算はまだ先だが、よほどのことがない限り年間黒字達成はほぼ間違いない。みつあい連合の目論みが崩壊した瞬間であった。華村連合から前向きな意見が出る。

「別館の喫茶『いこい』はアクションプランで閉鎖対象になっていますが、進捗はいかがですか」

竜崎が水面下で進めていた案件だ。

「喫茶『いこい』は鈴原病院に何のメリットもなく継続して不採算の付けを払わされています。この会議に出席されている金融機関の総意で『いこい』エリアの有効活用を提言いただければ、大義名分となり前に進めやすくなります」

異議なく全員の承諾を得ることができた。

## *11*

4月25日、竜崎は鈴原の息子・猛を解雇した。

猛は現場で問題を起こすことが日常茶飯事で、本人はそれが自分の存在意義とはき違えている。どの現場も長続きしない。本部・医事課・外来・介護現場と頻繁に所属を変えていた。呆れ果てた性癖が仕事への持続力を阻害する。酒、女、狼藉三昧。猛という異物が混入した現場は正常な機能ができなくなり、混乱を余儀なくされていた。

猛はもともと、父・鈴原 雄の強い推薦により、病院入職直後から本部経理の職に長年携わっていた。鈴原にとっても息子を経理に置くのは何かと都合がいい。不明朗な金の言い訳ができる。息子もおやじの臭い物に蓋をする。胡散臭い金を水面下で処理していた。金庫番人面で職員を威圧し、職員絡みで何か問題があれば即、父である鈴原にチクる。小心者の猛にとってはある意味最も恵まれ、居心地のいい環境であった。竜崎が入職した2003年頃も猛は経理として在籍していた。

竜崎はこの雄の長男、猛の性格を的確に捉えていた。それは①自意識過剰②自己中心的③血縁至上主義④猜疑心が強い⑤依存心・依頼心が強い⑥羞恥心がない⑦執着心が強い⑧劣等感が強い⑨品性下劣⑩責任転嫁がうまい⑪論理的判断ができない⑫傲慢不遜⑬臆病・小心⑬自己保身が強い。

その後、転々と所属を変えることになった背景には、2016年3月にみつあい銀行が寄越した公認会計士猿屋による監査で発覚した、2億2000万円の使途不明金が絡んでいた。

竜崎と丸山が鈴原病院に2億円を超える使途不明金があるかもしれないと知ったのは、病院新築のための資金調達をしていた2008年頃、社会医療法人申請の相談で兵庫県医療対策課を訪ねたときのことだ。

そのとき、担当した女性から突然告げられた。

「私のもとに、匿名で内部告発の書面訴状が届いています。『医療機関債（病院債）で2億2000万円の不正流用がある。残高不一致を隠蔽している』といった内容です。場合によっては査察に入りますが、心当たりはありますか」

不意打ちを食らった。

「そんな事実はありません。先日も税務調査に立ち会いましたが、何の指摘もありませんでした」

「そうですか。この場は竜崎さんを信用します。しかしこれは県で継続案件とします」

耳を疑った。そんなことはあり得ない。

丸山も驚きを隠せない様子だ。

「事実であれば、犯罪ですね」

帰る道すがら、二人は鈴原病院の闇に触れたような、不穏な気持ちに苛まれた。帰社後、直ちに経理の猛に確認した。

「まさかとは思うけど、医療機関債（病院債）が2億2000万円も不一致だなんてあり得ないよな」

猛が一瞬言葉を失った。顔面蒼白だ。

「そんなことあり得へんがな。あほなこと言いな」

「それを聞いて安心した。今日兵庫県庁でそのことが話題に出たんだ。ことによっては、査察に入ると」

猛は青ざめている。

「いや、心配しなくていいよ。きっちり身の潔白を証明し、相手も了解してくれた。もしそんな事実があったらこの病院は終わりだ」

そのとき、竜崎は敢えて内部告発の件は伏せた。

この日を境に、猛は一気に崩れていった。

猛は医療機関債（病院債）に巨額の使途不明金が生じていることを知っていたのだ。

「病院移転新築・改修費」、「グループホーム建築資金」、「老健施設建築資金」、名目はいかにも法人の健全な医療・介護事業等の拡充であると前面に押し出す。医療機関債（病院債）は金融機関を介さない。病院が悪いことをする訳がない。疑うことをしない善意の地域住民に高金利を喧伝し、巧みに金を集めたのだ。医療・介護の拡充が大義名分。用途が限定された金だ。

医療機関債（病院債）で集めた額は11億円。そのうち7億8000万円使ったことは判明している。つまり、3億2000万円残っているはずである。しかし1億円しか残っていない。あとの2億2000万円はどこにある。この消えた2億2000万円が使途不明金になる。

猛はこの実態を以前から知っていながら、隠蔽し放置していた。一連の首謀者が父・鈴原だとわかっていたからだ。このままだとおやじが犯罪者扱いされてしまう。こんなこと、俺一人で背負いきれない――そう考えたのだろう。

猛は突然経理から姿を消した。いつ兵庫県庁の査察が入るか分からない。残高不一致の関係者たちは俺以外皆辞めた。俺が標的になる。経理なんかにいられるか。酒の量が増え、猛は精神に異常をきたし、精神系の病院への入退院を繰り返すようになった。その合間に、鈴原病院で好き勝手に所属を転々とし、周りに迷惑をかけた。

当の鈴原夫妻は、世間体を気にし、猛の非道を棚上げし平静を装い続けた。猛は「統合失調症」と診断されていた。普通であれば、退職させ治療に専念させるであろう。だが鈴原夫妻は猛の実態を正視せず、体裁を優先した。このような状態になった引き金となったのが、兵庫県医療対策課への非公式な内部告発だったのである。

竜崎が丸山とともに病院新築に奔走していた頃、猛は所属を転々とする不安定な状況の中で、ふいに長年所属した経理に戻り、「監査役になる」と言い出した。鈴原は竜崎に「坊主を監査役にしたらどうかと思う」と言ってくる。

「いまだ、兵庫県庁が残高不一致の件で査察のタイミングを見計らっています。彼を渦中におく訳にはいかないでしょう」

嘘も方便。竜崎はそう何度も切り返した。

「俺たち親子はその件に一切関係してないぞ」

「いえ、当時在籍した担当者として事情聴取されるのは回避したほうがいいと言っているのです」

「猛を監査役にしろ」

この理不尽な要請はその後も再三繰り返されたが、竜崎はその都度はねつけた。しかしこのままだと鈴原のことだ。強権発動のリスクもある。ではどこに配属するか。各所属はすべて拒絶だ。

ふと名案がよぎった。そうだ。鈴原の秘書にすればいい。

「息子さんの件ですが、会長秘書室室長・部長待遇というのは、いかがでしょう。会長の直下で身の回りのことも含め全て管理する。彼こそ、いや彼をおいてほかにこの重責を果たせないと思うのです。まさに適材と思います。彼にも帝王学を学ばせる最高の機会です。会長いかがですか」

「それは、名案だ。早速人事異動で坊主を秘書に抜擢してくれ」

この方法しか現場を守れない。究極の選択であった。

2017年のことだ。

会長室には初代理事長鈴原雄大の席が残されていた。会長同列で秘書としてその席に座る。猛にとっても自尊心をくすぐる大きな効果があった。


猛は秘書室長になり、過去のことはなかったことのように初代最高権力者が座っていた席を陣取った。元々仕事に興味などない。父とは家でもいつも一緒だ。敢えて病院のこの部屋で話すことなど何もない。暇でやっていられない。病気でも性欲はある。猛は電子カルテを閲覧し、好みの女の詳細情報を見ることにハマった。事務、看護部、栄養科、片っ端から見ていった。鬱屈した気持ちを発散させる。猛は熱中し、延べ80人に及ぶ不正閲覧を行った。

電子カルテ管理の担当山森は閲覧履歴を監視していた。医師・看護師を中心に直接医療担当者、あるいは閲覧を特別に許された者以外に頻繁に受診履歴を閲覧している者がいる。電子カルテの場合、ログインの必要があり、使える機能は職種によって限られているものの、多くの職員は端末さえあれば、時間や場所を選ばずに閲覧が可能だ。便利な反面、不正閲覧が起こりやすい。不届きものにとっては、その気さえあればいつでもアクセス可能だ。

山森はすぐに丸山に報告し、竜崎の知るところになった。人権侵害。個人情報保護抵触、服務規程違反だ。

「由々しき問題です」

「見過ごすことはできないな」

竜崎はこのとき、これは猛を葬るチャンスだと捉えていた。

さて、どうやって決着させよう……。

だが事態は急展開した。現場でカルテ不正閲覧の噂があっという間に広まり、顧問弁護士の藤井のところに匿名で告発状が届いたのである。

「当病院鈴原 猛が電子カルテ不正閲覧をしています。被害者は延べ80名に及びます。会長の息子なので本部は懲戒に及び腰です。病院を守って下さい。宜しくお願いいたします」

被害者複数の連名であった。短い文面だけに切実な思いが伝わった。

藤井はすぐに竜崎に事実確認を行った。

「竜崎君、この案件は、懲戒解雇相当だ。不正閲覧のほかにセクハラの実態も訴状に添付されている。毅然とした対処を即刻断行したまえ。私が主導する。現場に本部の対応が試されているぞ」


翌日、猛は呼び出された。面談室で待っていたのは藤井弁護士であった。

即日、猛は退職届を竜崎宛に提出した。猛はこういう運命であったと思う。自業自得だ。

竜崎が理事長であり、この人事決裁権が会長である父・鈴原になかったことも功を奏した。

衝撃の展開であった。

この展開に最も驚いたのは鈴原夫婦であった。息子が退職。しかも破廉恥な理由。これはなにかの罠ではないか。仕掛けられたのではないか。納得がいかない。この夫婦は猛に盲目だ。猛の行為が悪いという認識ができないのだ。世間の常識とかけ離れている。電子カルテの不正閲覧がそんなに問題になるのか。セクハラは相手に嵌められたに違いない。これは病院の謀略でないかと……。

まったく救いようがない。

猛の退職直後から、鈴原夫婦は猛復職へ執着する。本人も含め「流れでそうなった」と、時間が経つほど、確信が深まる。何も辞めることはなかった。夫婦が竜崎に打診してくる。

「本人も深く反省しているから、戻してくれないか」

「今でも被害者が多数現場にいます。ご子息が弁護士の藤井先生の説得に従い、即退職したことで何とか被害者たちは怒りを抑えています。万一戻るようなことがあれば、彼ら被害者の矛先は警察に向かいますよ。しかも犯罪行為の実態と病院の対応がマスコミに流れます。職員の集団退職にも繋がるでしょう。病院は風評被害も含め崩壊します。それを承知で言っているんですか。復帰はあり得ません」

竜崎は、鈴原夫妻から何度となく同じ打診を受け、その都度、拒否する。これが彼ら家族の実態であった。


猛の病院への復職を拒絶された鈴原一家は、次の手段に出る。鈴原と過去に接点のあった業者へ息子の採用を強要する。鈴原の名で業者が息子を採用してくれるとでも思ったのであろう。だがことごとく断られる。息子の風評・悪行が業界に伝わっていないわけがない。

猛の不安定な精神状態は悪化し、夜中に家で大声で騒ぐ。病院とは無縁の退職者にもかかわらず鈴原夫妻から病院に電話が入る。

「息子が暴れている。すぐ来てくれ。警察を呼んでくれ。精神病院へ入院できるよう、すぐ手配してくれ」

職員を使用人扱いだ。その都度医師も含め職員は振り回された。

## 12

5月16日、2018年度第2回BMが開催された。丸山から定例報告がなされる。4月単月の収支報告以前に2017年度決算の進捗が報告された。

「現在税理士が最終作業に入っています。年度決算は黒字見込みです」

みつあい連合は静まり返った。華村連合には笑顔が溢れる。メインテーマであるべき決算進捗報告を無視するように坂上信用金庫の春山が発言した。

「喫茶『いこい』の閉鎖は進んでいるのか。遅いのではないか」

「もう少々時間を頂きたい。指摘いただくまでもなく、我々はアクションプランに課題として織り込み、粛々と取り組んできております」

春山は黙る。すると大成銀行の支店長の河本が質問する。

「医療法改正による公認会計士による会計監査の対象になるのではないか」

珍しく的を射ていた。

「年間売上が70億を超えた場合対象になります」

「会計監査移行の場合、引当金が不足するはずだ」

「退職給付引当金の不足分については確認中です」

２０１７年4月2日以降に一定規模以上の医療法人の収益70億円以上に、会計基準の適用を義務付けるとともに公認会計士による外部監査を義務付けられた。会計監査の目的は、監査を受ける医療法人を取り巻く多様な利害関係者（地域社会・利用者・職員・国・地方公共団体・金融機関）に対し、公認会計士が独立した第三者として監査を受ける法人の財務報告の信頼性を担保することにある。

退職給付制度を導入している一定の条件を満たす医療法人は貸借対照表に退職給付引当金を計上することが義務化される。退職給付引当金の計上にあたっては、退職給付債務の算定が必要となる。

財務ＤＤで公認会計士の猿屋が鈴原病院の財務実態を調査している。その時点で鈴原病院の抱える課題は浮き彫りになっていた。

新会計基準に移行した段階で債務の拡大が余儀なくされることは想定されていた。過去の大きな負債を抱えながら収益が70億円を突破したことは、まさに「痛し痒し」の状況であった。

6月22日、2018年度第3回BMが開催される。丸山から2017年度の決算報告がなされた。経常利益5376000円。僅かではあるが、悲願の年間黒字を達成した。5月の社員総会で承認済みだ。しかし純資産がマイナス6億7115万円と債務超過となる。莫大な額だ。メザニンでM&Aこそ回避したが、厳しい結果となった。一時的に救命されたが、いつ死んでもおかしくない瀕死状況だ。竜崎は、この状況を打破しない限り真の経営改善は成し得ないと想定していた。

メザニン注入が決定した直後、華村ケアマネジメントと日本金融支援銀行に御礼挨拶に出向いたときのことを思い出す。

「これはホップです。次のステップへ準備しましょう。これがスタートなんです。次回の支援が待っていますよ」

ということを言われた。当時はまだメザニン融資に安堵し、次の展開などまったく考えていなかった。1年半が過ぎてその言葉の持つ意味を竜崎は噛み締めた。次の手とは、「不動産の流動化（所有と経営の分離）」である。

10月に入ると、新会計基準対応により公認会計士の監査が入った。諸引当の厳密化で債務超過はさらに膨らむことになる。抜本的解決を図るには次なる英断を下さねばならない。

華村ケアマネジメント社長の山田は水面下で次のステップ策を準備していた。この手段を講じるには最低条件があった。メザニン後の経常黒字化だ。黒字傾向が基調として確立して初めて打てる手なのだ。山田と丸山は常に情報交換を行っていた。あとは竜崎の最終決済があれば進められる。懸案のすべてを一気に解決することができるところまできていた。

一般的に、資金繰りに窮していても土地・建物を手放すことを躊躇する病院経営者は多い。しかし、そこに固執してもあまりメリットはなく、むしろ次のような3つのデメリットがある。

①不動産を所有すると、定期的保守管理が必要で手間と費用の負担がかかる。

②固定資産の所有は財務諸表の不安定を招く。簿価での財務諸表計上ではなく、時価で計上するため、不動産価格の変動に左右される。

③不動産には固定資産税がかかる。

一方で病院不動産の所有と病院経営を分離するために不動産を売却すれば、固定資産がそのまま流動資産、即ちキャッシュに変わることになる。このメリットは大きく、一時的に潤沢な資金が得られるのだ。もし経営が債務超過であれば、このキャッシュによって負債を帳消し、もしくは減額することができる。背負っていた肩の荷を下ろし身軽になれる。債務が減ると、財務諸表の安定性が高まるため、健全な再建計画が構築可能になり、新たな融資を受けることも可能になる。

不動産所有のコスト構造は、人件費・水光熱費・固定資産税・建物減価償却費・修繕費・金利支払いなどで、これに不動産取得のための借入金があれば、その返済も必要になる。だが、不動産を手放しリース契約とすることで、人件費・リース代・水光熱費・賃料へと単純化し、不動産購入時の借入金がなくなれば、月々のキャッシュアウトは大幅に減らすことができる。

病院を救う最後の手段の実行を、竜崎は覚悟しなければならなかった。この債務超過を一気に消し込むには「不動産流動化」しか術がない。新築病院の不動産価値がまだ高い評価のときにしか効力がない。つまり、耐用年数が浅い今が流動化の大きな条件になる。

だが、そのためには売却委託した銀行への賃料支払いが必須となり、高額な賃料が想定される。その賃料を吸収して黒字化を継続しなければならない。

竜崎にとって迷う余地はなかった。実行すれば、みつあい連合との債務超過絡みの因縁を断ち切ることができる。しかも鈴原の預金1億円の担保や債務保証が一掃される。そうなればこの病院における鈴原の存在意義は皆無になる。

7月24日、臨時理事会が招集された。

長年の懸案であった、喫茶「いこい」の閉鎖の承認をとる。鈴原にとって私物化の最後の牙城であった。

2017年9月、兵庫県による竜崎新理事長の認可。

2017年～　不採算事業「鈴原診療所」、介護施設「ひかり」の撤収。

2018年4月、鈴原の手先であった病院内部最大の害虫、息子猛を解雇。

2018年7月、喫茶「いこい」閉鎖。

鈴原による不採算と私物化の象徴が次々と消去される。後は鈴原自身の解任だけだ。

8月6日、顧問税理士から新会計基準に則り、会計監査を担当してもらう公認会計士・妹尾の紹介を受ける。収益が70億円を超えた以上避けては通れない。妹尾と竜崎、丸山との面談が始まった。

最初の質問を受ける。

「病院は資産超過ですか。債務超過ですか」

「残念ながら、債務超過です」

「そうですか」

担当する事業者がどういう財務実態であるかの確認だ。直球で切り込んできた。

妹尾は公認会計士担当の受任を躊躇している様子だ。債務超過の状況である事業者の公認会計士は、立場上その事業者の経営継続が厳しいなどの会計監査結果報告を、注記として忖度なしに決算書に記載せねばならない。経営者がそれを認めない場合、監査自体が不成立になる恐れがある、これが受任を決めかねている理由であった。

だが話は急転する。

「債務超過一掃のため、流動化を目指しております。決算内容が大きく改善される可能性があるのですが」

「そうでしたか。流動化の協力者はどこでしょう」

「過去メザニンでも支援いただいた華村系グループです」

「それは良い話ですね。実は私は関西監査法人に在籍していた頃、再生を担当していたのです。華村系は信頼できますし、債務超過解消への大きな起爆剤になるかもしれません」

その場で一転、妹尾の受任が決まった。

このタイミングでの公認会計士監査が今後の鈴原病院の財務状況の透明性を上げ、かつ長年燻っていた鈴原の致命傷といえる「医療機関債（病院債）不正流用」を対外的に開示することになる。

この問題は、兵庫県への内部告発と、猿屋公認会計士による財務デューデリジェンスで、表沙汰にはなっていないが、内部関係者の知ることとして、先延ばしにされていた。それがようやく公認会計士監査で表に出ることになる。

２０１７年度の決算報告書公認会計士は４名に委ねられた。厳粛・厳正な監査作業が粛々と行われていく。法人財務担当者は竜崎が理事長になる前から不正とは無縁の正直で優秀な者に任せていた。厳しい指導を受けながら、完璧な決算書が完成に近づく。簿外債務「医療機関債(病院債)残高2億２０００万円不一致」を除いて、一点の曇りもないはずであった。

竜崎は監査中に、この監査を中心になって進める妹尾から招集を受けた。

「巨額の使途不明金があります。この扱いをどうお考えですか」

「この問題は病院の将来のため、徹底的に究明しようと考えています。うやむやにして過去の負の遺産を風化させるつもりは毛頭ありません。このタイミングで先生方の監査を受け、不明朗な残高不一致問題を抽出いただいたことに感謝いたします。先生方の御指摘を無駄にせず、敢えて公式に開示し、原因の追究を実施したいと思います。あいまいにすることはさらに病院の名誉を汚すことになります。決算書にもこの失態を明示していただくことが私の切望するところです」

「承知いたしました」

「理事長の御意向に沿って対処いたします」

「お恥ずかしい過去の汚点ですが、どうぞ宜しくお願い申し上げます」

隠蔽していた所業が決算報告書という公文書で開示され、兵庫県へ報告される。公認会計士の先生方はこの不祥事に対して竜崎が採った判断を高く評価した。１９７６年から２０００年に及ぶ医療機関債（病院債）に係る残高不一致問題。

竜崎はこの不正を解明せずして病院の健全な未来はあり得ないと覚悟を固めていた。不名誉な歴史を今こそ払拭できる。四面楚歌状態からスタートした病院内外の大掃除もいよいよクライマックスを迎える。今では丸山を筆頭に信頼できる部下たち、公認会計士、顧問弁護士、顧問税理士、超メガ銀行と内外に強力な味方がつく。正義を通す環境は整った。一気に諸悪の根源を葬るときがきたのだ。

２０１７年、医療法人皆励会の決算報告書には通常ではあり得ない報告が記載された。以下はその抜粋である。

（３）当期に計上したその他の特別収益および特別損失内訳

①医療機関債について

前期末において、医療機関債（病院債）の実際残高は、３億５０００万円、帳簿残高１億３０００万円であり、差額２億２０００万円の発生原因については、現段階では不明である。これに対し、病院としては第三者弁護士を入れた調査委員会を設置して、差額の発生原因の調査を行い、回収努力をすることとした。なお、当該差額2億2000万円は仮払金として計上するとともに、下記②前期損益修正損として損失処理をしている。云々。

過去の不名誉な実態が公文書に開示された。公認会計士作成であるため、これ以上の説得力はない。公認会計士は、時には財務査察の検事にも成り得る。過去の犯罪を自首させられたようなものだ。いよいよ鈴原の尻に火がついた。

竜崎はすぐに「弁護士による調査委員会」を発足した。

以下は弁護士への委嘱依頼文だ。

――2018年度における監査において、公認会計士より、当法人が取り組んでまいりました「医療機関債（病院債）」について、①残高不一致②使途不明金の疑いがあるとの指摘がありました。つきましては、公認会計士の指摘に対応すべく、「医療機関債（病院債）使途不明金調査委員会」を設置することとなりました。貴法律事務所の弁護士に委員としてご指導を賜りたく就任の御依頼を申し上げます。

もちろん、病院危機の際、今まで何度も竜崎を救ってくれた藤井を指名したのは当然のことであった。

即日、快諾をもらうと藤井をはじめ、計3名の弁護士が揃った。これ以上の布陣はない。委嘱依頼への回答には、「医療機関債残高不一致・使途不明金の調査およびその結果報告について専門的見地から指導・助言・考察を行う」とあった。

この決算報告書は社員総会で報告する義務がある。調査委員会が立ち上がった次の月、2019年6月に社員総会は開催された。鈴原も会長として出席する。曲者社員が集まる毎年恒例の総会だ。だがこの総会には意義があった。質疑応答の場面。難癖をつけようとした社員の一人から「医療機関債（病院債）残高不一致」に対し、タイミングよく質問が入る。

「この医療機関債（病院債）残高不一致とは、どういうことですか」

50名ほど集まった社員たちが水を打ったように静まり返る。

竜崎はその質問を待っていた。

「公認会計士監査で残高不一致の指摘を受けました。そこに書いてある通りです。今後お時間をいただいて調査委員会を発足し、問題を究明し改めてご報告いたします」

この事案はややもすると問題提起もされずに通過してしまう恐れがあった。まるで竜崎の心情を察するかのような展開だ。総会出席者は会長の息がかかった連中が多い。「腫れ物に触る」発言が出る環境ではなかった。そうした議案は無視されるのが常だった。だが質問者は忖度などなく、当たり前のように疑義ある点を突いてきた。この質問には大きな意義があった。汚点を無視することなく、オーソライズする貴重な問題提起となった。

総会の3カ月後、弁護士の藤井が、鈴原が使途不明金の主導者たる証拠を集め、鈴原が当時つるんでいた連中を片っ端から事情聴取し、鈴原首謀の根拠は積み上がり、全貌が明らかになった。

当時、鈴原が主犯でこの男に協力したブローカー的なヤカラが複数名いた。その連中6名に集中的な調査が行われた。彼らはあっけなく実態を暴露した。聴取の経過で鈴原を非難することはあっても、誰も情状酌量を訴えた者はいない。私利私欲だけで繋がった連中だ。当然といえば当然だが、鈴原の人望のなさが浮き彫りになる。異口同音に首謀者が鈴原であると証言した。驚くことに6名の内の一人、息子の猛も証言している。

「使途不明金の原因は三つ。①高金利、利息の杜撰管理。②ポケットに入れた者がいること。

③裏金（目に見えない金。正面から出せない金）」

弁護士の前で、まるで他人事のようにうそぶく。

猛の家の購入にもこの金が使われたと証言した者がいた。

単純な過失的処理ではなく、鈴原の指示により、特定の会計・経理役職者が医療機関債の各目的とは異なる目的のために流用していた実態が鮮明となった。隠れ蓑としてダミー会社を作り、病院の入出金等を誤魔化し、医療機関債（病院債）流用を隠蔽する。こういった発想は反社会的勢力と似ている。振替伝票操作、帳簿操作が当たり前に行われ、顧問税理士さえも巻き込んでいた。

粉飾決算の疑いも浮上した。不正流用の証拠隠滅には抜け目がなかった。医療法に抵触する事案が頻繁に実行されている。証言者の中の一人は残高不一致があることを鈴原が当初から知っており、念のため、鈴原にその確認を求めたという。鈴原は書面でそのことを認め、署名捺印をしていた。だがその書面は何者かにより隠滅・破棄された。確信犯だ。鈴原は、定期的にくる税務調査のときは顧問税理士とともに電算室に籠り、誤魔化しを指示していたという。「友好薬局への支援金」、「不明朗なコンサルタント料」等々、不正流用は多岐にわたっていた。定款登記していない診療所等へ、人・物・金を投資する。医療とは無関係の人へ金を融資する。身内親族への極めて不自然な流用も発覚した。

こうして医療機関債（病院債）で集められた金は、当初から意図してほかの目的のために流用されていたことが明らかになった。これは、鈴原病院を信頼して資金を預託した多くの人々の誠意を著しく裏切るもので、刑事・民事・医療法に抵触するまさに犯罪であった。

調査委員会は報告書の作成にかかった。調査委員会の事情聴取は一人を残すのみとなった。鈴原 雄だ。調査報告書はこの人物との面談を経て完成する。


時／２０１９年9月26日、場所／鈴原病院面会室、対象者／法人会長鈴原 雄、調査委員／弁護士藤井 誠他弁護士2名、内容／以下。

歴代経理責任者等への聴取を行った結果、医療機関債（病院債）の資金管理は、三代目理事長の指揮管理の下で組織的に行われており、経理管理者等の単独行動で不正を行える状況ではなく、ダミーな中間会社等を利用して組織的に資金流用が行われている実態が明確になった。残高不一致についても、関係者は認識しており、三代目鈴原理事長は残高不一致の報告書類に署名捺印していた。刑事責任を問うことは困難であるが、民事責任は免れず、使途不明金額の相当程度を法人に賠償する必要がある。調査結果が公になると、法人、本人にとって不名誉なことであり、責任を追及されれば、退職金なども不安定になることが想定される。責任を認めて、会長職・理事職を辞任し、退職金を受領し、その中から一定金額の賠償金を支払い、元会長としての名誉を保つことが、得策と考える。調査結果が9月30日に出れば、速やかに金融機関、行政、公認会計士、理事会へ報告しなければならない。調査結果が公表される前に、責任を認めて退職し、調査結果は、非公開、関係機関には引責辞任の報告のみとすれば、元会長として名誉が保たれるのではないか。

面談の目的は鈴原への辞任勧告となった。

「辞任について異議はない」

鈴原は自らの犯罪行為を認め、すべての役職を辞職すると、この面談で応答した。にもかかわらず面談終了後、「会長は辞めるが理事で残る」と舌の根の乾かぬうちに言い出した。理事長竜崎および調査委員会に恭順を示し、厳しい内容の実施（使途不明金創出の不法行為責任が鈴原 雄にあり、これに異議ある場合は、調査報告書を理事会等で公表し退職金などを不支給とした上で民事裁判に訴える）を緩和してほしいと述べたことも都合よく記憶から抜けている。

この事態に調査委員会委員の弁護士3名は面談時の記録をその日のうちに改めて鈴原に書面で突きつけた。2億円を超す使途不明金の賠償責任の相当額が鈴原にあるとし、強硬制裁策緩和を条件にすべての役職を即刻辞職すべく勧告した。

調査報告書完成の9月30日まで、あと3日と迫る9月27日。鈴原の息子・猛が、調査委員会弁護士に対し、挑戦状を送りつけてきた。調査報告書によって起こり得る最悪の事態を想定し回避しようとしたようだ。

だが、弁護士の藤井が、これは業務妨害に当たると一刀両断した。

9月30日、予定通り4カ月を要した「調査報告書」が竜崎に届いた。

途中経過で報告は聞いていたがその内容は常軌を逸していた。同日、鈴原夫婦が病院に呼び出された。9月26日に事前面談で辞職の意向は確認していたが、豹変する男だ。最後まで安心できない。調査報告書の具体的説明が弁護士から言い渡される。医療機関債（病院債）不正流用にあって「悪行・悪事・不正行為」が連綿と続く。「刑事・民事・医療法」抵触の犯罪行為のオンパレードだ。開示すれば病院の名誉が大きく失墜する内容だ。金融機関、行政からは事後結果報告を命令されている。即時退職を条件に制裁緩和するにしても、そこまでの温情がこの男に果たして必要か。不信感を否めない。弁護士から一通り夫婦に調査報告書の内容が説明された。そのタイミングで間髪を入れず「辞職届」が夫婦の前に差し出された。

辞職届
このたび、一身上の都合により、２０１９年9月30日をもって、会長職、理事職を辞職いたします。
２０１９年9月30日
氏名　鈴原雄
医療法人皆励会鈴原病院
理事長　竜崎仁殿

この時のためにあらかじめ用意していた書式である。
今後は長年にわたる使途不明金の原因を創出した責任を取り、不正流用金の相当程度を鈴原病院に賠償する必要がある。首謀者として不法行為の民事責任は免れない。10月と12月に予定される理事会において賠償金具体額を理事合意の上で決定していくことになる。２０１９年度上半期最後の日、鈴原病院の健全な発展を阻害していた諸悪の根源は退職した。

医療法人皆励会鈴原病院の新たな記念すべき一日となる。思えば、予期せぬ理事長拝命、同時期に竜崎が信じた現場職員が目覚め、経営不振から脱却。業績が飛躍的に浮上した段階で優秀な公認会計士の監査を受ける。結果、時代に埋没を余儀なくされた汚点：医療機関債（病院債）残高不一致が公式に開示され、それを受けた精鋭弁護士の協力の下、「負の遺産」壊滅へ。鈴原解任へのすべての環境が一気に整った。長年この元凶によってどれだけ病院は痛んだか。しかしこのタイミングでなければ、最悪のパラサイトを殲滅することはできなかった。

優秀な部下たちと時の流れも含め、あらゆる情勢が竜崎の運命に味方した。将を射んと欲すれば先ず馬を射よ。鈴原は将でもなんでもないが、馬たる（馬に悪いが）息子鈴原猛を1年半前に解雇していたことも功を奏した。結局この親子は「悪のシンフォニー」で、一緒に合奏していないと、下劣・狡猾・卑俗な負の相乗効果を発揮できない。猛を放逐したことは、鈴原に、ボディーブローのように効いていたに違いない。「落とし前」はつけさせてもらった。これはゴールでなく理想の病院を構築するためのスタートであることは十分承知している。まだ賠償金と退職金の問題が残っている。理事会でけじめをつける。竜崎単独の決定とせずあくまで民主的な解決を目指すのだ。

10月29日に行われた第2回定例理事会での竜崎は発言は以下のようなものだった。

「定例議案に入る前にご報告いたします。昨年度公認会計士4名の先生方による決算監査時に医療機関債（病院債）経理：帳簿残高と融資：帳簿残高が大きく不一致であることを指摘されました。莫大な使途不明金『2億2000万円』の実態が想定され、決算報告書にも記載されていましたように、私としては、健全な法人を目指す意味においても真相究明が必須・急務であると判断し、即時第三者の弁護士による調査委員会を発足しました。3名の弁護士先生方に調査ご尽力いただき、その結果が先月9月30日、私に届けられました。その内容は、刑事・民事・医療法にも抵触するまさにコンプライアンスを無視した悪質かつ恥ずべき行為であり、法令遵守を逸脱した数多くの事例でした。結果として融資に協力した地域の方々の善意を踏みにじり、同時に信頼を失墜させる『私的不正流用』の実態が明確になり、法人の過去を甚大に傷つけるものでありました。取り扱いによっては、病院の将来さえも揺るがしかねない報告内容でありました。つきましてはこの場での調査内容開示は、元会長鈴原 雄氏および病院の過去の歴史を著しく名誉棄損すると判断し、差し控えるべきと判断をいたしました。尚、元会長鈴原 雄氏は実態としては一連の主導者として引責辞任があるものの、年齢・体調を理由とし、調査・報告内容判明と同日の9月30日付で理事・会長職を辞し退職となりました。今後は調査委員会の提言にありますとおり、民事責任上鈴原 雄氏は使途不明金の相当程度を鈴原病院に賠償する必要があり、その金額について弁護士・公認会計士の先生方と継続協議するものであります。本日は調査委員会メンバーである弁護士先生方と医療機関債残高不一致をご指摘いただいた公認会計士先生方に同席頂いております。私の発言に異議あるいは質問がある方は、挙手をお願いいたしたく宜しくお願いいたします」

この竜崎の提案に出席者全員異議なく、全会一致で承認された。

12月24日の第3回定例理事会では竜崎は以下のような発言をした。

「医療機関債（病院債）残高不一致『2億2000万円』において長年にわたる使途不明金の原因を創出した鈴原 雄氏の責任は甚大である。継続した不法行為として民事責任は免れず、使途不明金の相当程度を法人に賠償する必要があることは、前回の理事会で承認されたことである。この件について弁護士、公認会計士の先生方に協議いただき、私としての結論が出たのでここに報告させていただくものである。結論に至るまでの①最も厳しい案としては、不一致総額全額の返済を要求するものである。この案では法人への背任行為を許さず懲戒的対応に則り、同時にあくまでも当該は退職金を支払うべき対象ではないとするものである。この案では当該の医療機関債（病院債）・出資金も合わせて全額没収するというものである。②最も妥当であろうとされた案は、賠償金を退職金等（医療機関債〈病院債〉・出資金含む）で相殺しそれら全額で賠償金に充当させるものである。これら強硬策を踏まえ私が出した結論を申し上げる。

結論

賠償金を7000万円とし、この金額を鈴原 雄氏は病院に支払う。

退職金を8000万円とし、この金額を病院は鈴原 雄氏に支払う。

同時に医療機関債及び出資金（医療機関債1000万円・出資金50万円）についてその全額を没収することなく鈴原 雄氏に払い戻す。この結論に理事会の総意として異議ある場合は①②の厳しい強硬策にて対処実行するものである。尚、鈴原 猛氏に対しても鈴原 雄氏同様に医療機関債50万円、出資金10万円は全額払い戻すものとする。

今回の件は弁護士・公認会計士先生方はもちろんのことであるが、行政・金融機関からも毅然とした厳しい対応を求められている。こうした状況下にあって私は温情的と批判される覚悟を以ってこの結論を出したものである。鈴原 雄氏におかれてはこれらを承諾し、今後の健全な病院運営に関しあらゆる事案に一切関与しないことを通告するものである。尚、本日の決定事項については、後日書面にて本人に通知するものとする」

医療機関債（病院債）使途不明金調査委員会の調査結果を受けて辞任退職となった鈴原雄の賠償金等の処理について竜崎から報告・説明がなされた。出席者全員が異議なく、理事会の総意として、全会一致で承認された。

この2回の理事会において正式に鈴原の退職に係る処遇が全て決定した。途中経過で弁護士・公認会計士の強硬論があったが、最終的には、竜崎の判断で温情的な対処となった。

兎に角、長い年月を要した汚らわしい事案は年内に解決し、この「しがらみ」から離れ、正常な世界で通常の経営に携わりたいという願望が強かったことが正直なところだ。２０２０年から魑魅魍魎《ちみもうりょう》が跋扈《ばっこ》する世界から完全に解放され、今までとは別世界の理想的な医療、介護環境を構築していく。「患者起点」「利用者起点」の崇高な理念実現のために。

２０１８年夏。竜崎のGOサインを受けて、丸山と本部総務部長本島は流動化準備へと奔走した。彼等は華村ケアマネジメントの指示を受けながら、膨大な事務手続き、複雑な地主等関係者交渉を見事にこなし、わずか2カ月間という短期間で完全な「不動産流動化」実現への事前準備を計画通り仕上げたのである。

あとは流動化スタートのボタンを押すだけとなった10月10日、竜崎と丸山は東京、全国医療支援センターを訪れた。経過説明と挨拶だ。流動化実行に伴い、全国医療支援センターからの借り入れも一括期日前弁済することになった。

実は「全額返済します」「はいそうですか」という単純な話ではない。全国医療支援センターの場合、期日前弁済には「違約金」が発生するルールになっているのだ。条件が良心的な全国医療支援センターへの借入金は当然その額が大きい。ルールに従えば約1億5000万円の違約金を払うことになる。13時半、東京大手町の全国医療支援センター事務所に到着する。思えばこの2年間、何度この事務所を訪問したことか。厳しい指導も頂戴した。いつのときも真摯に受け止め丁寧に応対してきた。礼節を常に守った。メザニン注入前後から定期的に神谷町へ出向き経営改善の進捗をこまめに報告し続けた。

2016年2月末の突然の融資停止宣告を受け、リスケ実行でやむなく全国医療支援センターを含む全金融機関の元本返済をストップした。そのときは大きなひんしゅくを買った。全国医療支援センターの担当者は特に厳しかった。竜崎に対し「貴方は義理に厚いと聞いていた。どういうことですか」。義理絡みの指摘を受けたことがそのときはよく分からなかったが、新築当時財務タイトな環境下、13億円の融資を認可してくれた担当者の門脇が、全国医療支援センター東京本部での融資可否の審査時にそう竜崎を評価したのかもしれない。いずれにせよ、メザニン注入から流動化決定までの間、全国医療支援センター担当部署から暖かい応援メッセージや鈴原一族関連の浄化こそが大きな経費削減になると、竜崎の背中を押す指導をしてくれた。

竜崎は約束の時間に全国医療支援センターの担当を訪ねると、流動化実行の経緯を丁寧に説明した。

「お蔭さまで短期にてここまで確実に経営改善することができました。ご支援いただきましたことに心から感謝申し上げます」

違約金については触れずにひたすら感謝の意を伝えた。

全国医療支援センター担当者からは、期日前一括弁済の手続きの説明が始まった。いつ違約金の話が出るか、竜崎は覚悟をして、全国医療支援センター担当者の発言に耳を傾けていた。

「今回、あらかじめ流動化への事前説明がなく、全国医療支援センターの承認なしで進行した話であると受け止めています。つまりそうした手続きを踏まなかった融資先から我々は融資を引き揚げるという対処とさせていただきます。つまり鈴原病院さんは違約金発生の対象ではないことになります。ただし、失礼ながら全国医療支援センターの承認前に流動化の話を進められたことに対して、融資引き揚げの通告が郵送されます。失礼な書類が届きますが、あらかじめ御了承ください」

竜崎と丸山は全国医療支援センター担当の顔を見つめたまま、言葉を発することができなかった。

半官半民のルールに厳しい全国医療支援センターが、法人側に立って違約金解除の寛容な決裁を下したのだ。あり得ない奇跡が起きた瞬間だった。

帰り際、全国医療支援センターの担当者は言った。

「この対応は特別です。口外はしないで下さい。今後のさらなる病院の発展を期待します」

今風の俗っぽい表現で言えば「神対応」がこの世には存在するのだ。

竜崎、丸山は深々と頭を下げた。世知辛いこの世間に人の温情を痛感した。その後、失礼な文書（融資引き揚げ通告書）が法人に届くことはなかった。

10月25日、流動化が実行された。経常利益黒字継続と債務超過の解消へ向け発射ボタンが押されたのだ。この環境を後押ししてくれた華村ケアマネジメント、日本金融支援銀行、華村信託銀行、華村銀行に心から感謝した。「メザニンのホップ、流動化のステップ、そしてついに病院がジャンプする将来」が確実に展望できるところまで飛躍した。

この瞬間、みつあい銀行、大成銀行、坂上信用金庫3行の退場が決定した。2016年2月末から実に2年8カ月の時間を要した。理不尽な金融機関をまとめて一掃できた。

11月5日、メインバンクという立場から引きずり下ろされたみつあい銀行が残務処理で鈴原病院を訪れた。鈴原の預金担保1億円の解除手続きと債務保証の解放手続きだ。これで会長鈴原の存在意義は壊滅した。

2019年10月29日、定例理事会が開催される。いつもと違う風景であった。理事長竜崎を挿んで調査委員会弁護士2名（藤井・小原）と公認会計士2名（妹尾・武田）が上座に陣取る。冒頭、竜崎から医療機関債使途不明金調査委員会より提出された調査結果の概要、および会長鈴原の辞任退職（9月30日付）について説明がなされた。それを受けて、院長谷古田から「異議ございません」との発言があり、出席者全員が異議なく全会一致で承認された。実質的「引責辞任」が全員に周知された。鈴原は永久に医療法人皆励会鈴原病院を追放されたのである。

# あとがき（臥薪嘗胆）

中小企業にあって元来、順調に経営を継続させることは至難の業である。であればこそ、そうした環境下、不断の真摯な経営努力が必須であり存続を支えている。

経営者と従業員が一丸となってさまざまな課題を解決しながら発展を可能にし、社会貢献し結果として企業の将来を確実にする。こうした方向性が当たり前であると思っていた。

私はこの40年余り証券・製造業・医療と異業種を経験した過程で、この方向性を当然のように捻じ曲げ、破壊する内部・外部の「阻害要因」に数多《あまた》遭遇した。

蝕《むしば》み、蠢《うごめ》き、跋扈するパラサイトの群れに。

パラサイトはその習性として自らが増殖可能な場所を選ぶ。健全で公明正大かつコンプライアンスが行き届いた場所を忌み嫌う。

不健全で依怙贔屓が蔓延し私利私欲を満たす環境こそが最も彼等存続の最適地となる。彼等の生命線は「理不尽」である。社会常識など通用しない。理不尽の源は「個人の私腹」である。単純で卑劣なその源が彼等の行動・言動を左右し理不尽に直結する。それらを成就させるために邪魔になるもの（＝社会常識・社会通念・コンプライアンス等）があればいかなる狡猾な手段を講じても除外しようとする本能を持っている。一度増殖すると宿主が滅びるまで蔓延《はびこ》る強固な邪念がある。

負のスパイラルを断ち切り理不尽の染みついた風土をいかに壊滅させ再起・再生させるか。ミッションインポッシブルなのか、否、可能である。「諦めない・逃げない・正義を信じる」このスタンスを崩さないことが大事だ。

必要なことは以下の６つ。

★相手が邪道であればあるほど戦意喪失することなく立ち向かうこと。
★理不尽・不条理から逃避しないこと。
★正攻法で対峙していれば、孤軍ではなく必ず援軍が現れる。
★自分を信じて仲間を信じて。
★施して報いを願わず、受けて恩を忘れず。
★知識は過去・知恵は未来。

この本では、上記のようなことを、いち経営者として、私自身が遭遇したことをもとに書き記したものだ。大事なことは、何度もいうが、どんな苦境のときも諦めず逃げないこと。邪道に染まらず常に正攻法を貫く。孤軍奮闘では事は成し得ない。困難のとき、必ず信じた人々が援軍に付いていてくれた。

高校時代、学校をサボって行ったパチンコ屋で、態度の悪い店員を殴ったことがあったが、彼はヤクザ者で、後に私の自宅に仲間が複数名、報復目的で訪ねて来た。私は自室で隠れるように息を潜めていたが、父が毅然と対応し、何事もなく彼らは静かに帰っていった。そのとき、父の男の強さを知った。父は私に正しく生きる道を常に見せてくれていたように思う。

大学時代法学部の和式トイレの壁に刻まれていた言葉「施して報いを願わず、受けて恩を忘れず」は、何回も通ううちに私の座右の銘になった。改めて信じた道を歩んできたことが間違いではなかったと確信している。

今後の私の人生にも難題が待ち受けていよう。敢えて受けて立つつもりだ。

その姿勢こそが、煌めく将来を担う、後進の方たちへの道標になることを信じているから。

〜無限なる過去を瞬間の現在に活かし未来を永遠とする〜

この物語はフィクションであり場所・人物等すべて架空である。

〈著者紹介〉

**杉 敬仁**（すぎ たかひと）

1955年2月9日生まれ。

1979年福岡県立修猷館高等学校を経て早稲田大学卒業。

大手証券会社、製造業、医療法人を経て今に至る。

本書についての
ご意見・ご感想はコチラ

# パラサイツ　地方病院の闇

2021年12月8日　第1刷発行

著　者　　杉 敬仁
発行人　　久保田貴幸

発行元　　株式会社 幻冬舎メディアコンサルティング
〒151-0051　東京都渋谷区千駄ヶ谷4-9-7
電話　03-5411-6440（編集）

発売元　　株式会社 幻冬舎
〒151-0051　東京都渋谷区千駄ヶ谷4-9-7
電話　03-5411-6222（営業）

印刷・製本　瞬報社写真印刷株式会社
装　丁　　秋庭祐貴

検印廃止

ISBN 978-4-344-93084-1 C0093
幻冬舎メディアコンサルティングＨＰ
http://www.gentosha-mc.com/